3—

Scherz Krimi

Spannung mit Niveau

Estelle Thompson

Testament mit Trauerrand

Scherz
Bern – München – Wien

Einzig berechtigte Übertragung aus dem Englischen
von Hella von Spies
Titel des Originals: »A Toast to Cousin Julian«
Schutzumschlag von Heinz Looser
Foto: Thomas Cugini

1. Auflage 1989, ISBN 3-502-51198-5

Gesamtherstellung: Ebner Ulm

1

Es regnete noch immer in Strömen, als ich den Wagen parkte und die Treppe zu meiner Wohnung hinauflief, und meine Stimmung war genauso trübe und freudlos wie das Wetter.
Der heftige Zorn, in welchem ich meinen Sekretärinnenjob hingeworfen hatte, war verraucht: Obgleich ich noch immer nicht bereute, was ich getan hatte, begannen sich nun praktische Probleme geltend zu machen.
Einen Job zu finden war nicht so leicht, zumal wenn man keine Referenzen hatte, und angesichts einiger Dinge, über die ich mich an diesem Tag geäußert hatte, würde mein Arbeitgeber mir wohl kaum irgendwelche lobtriefenden Zeugnisse ausstellen!
Rochelle, das aufstrebende Fotomodell, mit dem ich die Wohnung teilte, war schon zu Hause. Sie räkelte sich mit katzenhafter Anmut in unserem besten Sessel. Als ich eintrat, blickte sie von einer Illustrierten auf und schwenkte vielsagend eine Kaffeetasse.
»Es ist noch Kaffee da, wenn du welchen magst. Du siehst ein bißchen durchweicht aus.« Sie betrachtete mich genauer. »Richtiggehend zerknittert, in jeder Hinsicht.«
»Bin ich auch. Ich habe eben meinen Job hingeschmissen.«
»Holla! Ich dachte, du hättest praktisch schon zum Büromobiliar gehört. Was war denn los? Sag bloß nicht, der alte Dingsbums hat dir einen unsittlichen Antrag gemacht!«
Ich schenkte mir Kaffee ein.
»Der alte Dingsbums ist für so was viel zu seriös. Der schmeißt bloß Putzfrauen raus, die ungefähr so viel Chancen haben, einen Job zu finden, wie ich, Miss Universum zu werden.«
Rochelle zog die Augenbrauen hoch. »So geht's nun mal. Wahrscheinlich war sie einfach nicht gut genug. Das muß man sein, meine liebe Patricia. Gut genug, meine ich. Egal, in welchem Job. Da draußen geht's eben zu wie im Dschungel.«
»Das ist mir klar«, erwiderte ich. »Das ist ja der Punkt. Er hat

behauptet, sie hätte Geld aus seinem Schreibtisch genommen – ach, fünfzig Dollar oder so; sie sei die einzige, die es genommen haben könnte. Er ließ sie rufen und warf sie fristlos raus. Da bin ich explodiert. Wahrscheinlich deshalb, weil, falls das blöde Geld tatsächlich verschwunden ist, sie bestimmt nicht die einzige war, die es genommen haben könnte. Meiner Meinung nach kam sie sogar am allerwenigsten in Frage. Aber für ihn war der Fall klar, und er wollte gar keine Untersuchung mehr. Er hat der Frau nicht mal gesagt, warum sie entlassen wurde, hat keinem Menschen irgendwelche Fragen gestellt. Als ich ziemlich energisch protestierte, sagte er nur, die Sache ginge mich nichts an.«

Rochelle zuckte die Achseln. »Da hatte er wohl nicht ganz unrecht.«

»Das hätte ich ja beinahe noch eingesehen. Aber er sagte: ›Meine liebe Miss Kent, regen Sie sich doch nicht so auf. Es ist ja bloß die Putzfrau.‹ Das war wohl der Auslöser. Ich fragte ihn, ob Frauen, die ihren Lebensunterhalt mit dem Putzen von Büros verdienten, etwa eine Zauberformel besäßen, durch welche sie weder ein Dach über dem Kopf noch drei Mahlzeiten am Tag mehr brauchten. Und dann hab ich meinen Schreibtisch ausgeräumt und bin gegangen.«

»Schau, schau! Volksbeglückerin Patricia. Übrigens, da auf dem Tisch liegt ein Brief für dich. Nach dem Absender zu urteilen ist er von dieser Möbelfirma, von der deine Tante oder sonstwer dir irgendwelche Aktien vermacht hat. Also, freu dich, wahrscheinlich ist es ein Scheck über eine fette Dividende.«

»Wahrscheinlich werde ich die auch brauchen«, sagte ich trocken, während ich den Briefumschlag vom Tisch nahm. »Der Anwalt schien allerdings der Meinung, daß die Firma nicht gerade sonderlich gutginge.«

»Komisch«, meinte Rochelle sinnend. »Es war mir gar nicht richtig aufgegangen – neulich, meine ich, als du mir erzähltest, du hättest Anteile der Firma geerbt. Wahrscheinlich hab ich nicht richtig zugehört. Aber als ich den Namen auf dem Umschlag las – Selbridge –, da klingelte es bei mir. Irgend so eine alte Geschichte. Ich sitze hier schon die ganze Zeit und zerbreche mir den Kopf, was es war.«

Ich folgte ihren Worten nur mit halbem Ohr.

»Irgendein Skandal. Nein, es muß noch mehr gewesen sein, ein Verbrechen oder etwas der Art. Die Firma ist weit droben in Queensland: Wenn so eine Geschichte sogar hier in Melbourne in die Zeitung kommt und obendrein in meinem Gedächtnis haftenbleibt, dann muß es etwas ziemlich Tolles gewesen sein. Oder etwas ziemlich Ungewöhnliches. Meinst du nicht?« schloß sie eindringlich.

»Das hast du dir wahrscheinlich nur eingebildet«, erwiderte ich.

Sie schüttelte den Kopf. »Nein, bestimmt nicht. Es muß damals einen tiefen Eindruck auf mich gemacht haben – bei der Entfernung. Ach, und da wir gerade von Entfernungen sprechen, Patricia – rate, was passiert ist. Ich gehe nach Perth. Ein Jahreskontrakt bei einer Modellagentur. Ist das nicht aufregend?«

Ich starrte stirnrunzelnd auf den Brief.

»Mhm«, murmelte ich.

»Du hast mir überhaupt nicht zugehört!« rief Rochelle vorwurfsvoll. »Na, wie hoch ist denn der Dividendenscheck?«

Ich legte den Brief hin und trank einen Schluck Kaffee.

»Es ist gar keiner. Kein Scheck, meine ich. Es ist eine Mitteilung über das Angebot einer größeren Firma, Selbridge aufzukaufen. Ein sehr attraktives Angebot für eine Firma, die ziemlich wackelt. Es findet ein offizielles Treffen der Aktionäre statt – oder wohl besser gesagt, der Teilhaber: Wir sind nämlich nur fünf. Dabei geht es um die Entscheidung, ob verkauft werden soll oder nicht. Sie haben mir ein Formular geschickt, damit ich brieflich abstimmen kann.«

»Das ist ja großartig! Wenn die Firma pleite ist, wirst du nie einen Groschen von dort zu sehen kriegen. Aber wenn sie

verkauft wird und du deinen Anteil kassierst, bringt dir das doch bestimmt genug, daß du dich über Wasser halten kannst, bis du wieder einen Job kriegst, oder?«
»Allerdings.«
»Na, dann würde ich doch schleunigst bei der Spalte ›Verkaufen‹ mein Kreuzchen machen oder was du sonst tun mußt, und das Formular postwendend zurückschicken.«
Ich nahm den Brief wieder in die Hand und betrachete ihn, ohne ihn zu sehen. Statt dessen sah ich eine dünne grauhaarige Dame vor mir, die früher einmal hochgewachsen und kräftig gewesen war; nach einem alten Foto, das sie mir einmal gezeigt hatte, zu urteilen, eine richtige Schönheit mit blitzenden dunklen Augen und einem schelmischen Zug um den Mund. In der Zeit, als ich sie kennenlernte, war die hohe Gestalt schon ein wenig gebückt und die Schönheit verblaßt, nicht aber das Blitzen in den Augen und der Schalk in ihrem Lächeln.
»Na?« Rochelles Ton klang ein bißchen ungeduldig; wahrscheinlich hatte sie etwas gesagt, und ich hatte nicht zugehört. »Du kannst doch unmöglich nicht verkaufen und Kasse machen wollen?«
»Nein«, sagte ich langsam. »Das scheint tatsächlich das vernünftigste.«
»Aber«, ergänzte Rochelle trocken. »Irgendwo gibt es da ein ›Aber‹. Warum um alles in der Welt? Was bedeutet dir schon Selbridge Furniture?«
»Nichts«, stimmte ich zu. »Aber – wie du ganz richtig sagst, es gibt ein ›Aber‹. Kein sehr logisches vielleicht. Siehst du, ich hab mir eben überlegt, was Tante Agnes wohl denken würde.«
»Diejenige, die dir die Anteile vererbt hat?«
Ich nickte. »Sie war keine Blutsverwandte von mir. Sie war mit dem Onkel meines Vaters, Richard, verheiratet. Sie haben spät geheiratet, hatten keine Kinder, und ihre ganze Familie lebte in Queensland. Vermutlich war das der Grund, warum sie sich immer besonders um meine Schwester und

mich gekümmert hat. Ich habe sie ungeheuer bewundert. Das tue ich heute noch. Sie hat ihren Bruder George bei der Gründung und dem Aufbau von Selbridge Furniture unterstützt – das war so in den späten zwanziger Jahren – und ihm während der Depression geholfen, die Firma über Wasser zu halten. Sie blieb immer daran interessiert, finanziell und auch sonst. In ihrem Testament hinterließ sie meiner Schwester etwas Geld und mir eben ihren Anteil an der Möbelfirma. Der Anwalt sagte, ihre Absicht sei wohl gewesen, mir dadurch ein festes Einkommen zu sichern.«

»Statt dessen geriet die Firma in eine Krise«, sagte Rochelle. »Na ja, kleine Firmen machen haufenweise Pleite. Mir scheint, als Geschäftsfrau hätte deine Tante oder Großtante bestimmt eine solche Möglichkeit ausgenutzt und sich auszahlen lassen. Verkaufe, wenn du kannst; eine so günstige Gelegenheit kommt vielleicht nie wieder.«

Ich lächelte. »Tante Agnes hat mitgeholfen, das Unternehmen über die Weltwirtschaftskrise zu retten, als die Dinge viel schlimmer standen als heute. Diese Firma hat ihr viel bedeutet. Deshalb hat sie ihre Anteile auch niemals an die anderen Familiengesellschafter verkauft.« Ich streifte die nassen Schuhe von den Füßen. »Du hast gesagt, du gehst für ein Jahr nach Perth? Das ist ja großartig. Ich meine, für dich. Du bist auf dem Weg nach oben, und das hast du auch verdient. – Ich hab eine Idee: Ich werde diese Wohnung aufgeben und rauf nach Queensland fahren, um mir die Situation der Firma anzusehen und die Selbridges kennenzulernen, ehe ich mich entscheide, wie ich abstimmen soll. Ich glaube, soviel wenigstens bin ich Tante Agnes schuldig.«

»Kennst du irgendwen von der Familie?«

Ich schüttelte den Kopf. »Tante Agnes hat, soweit ich mich erinnern kann, nicht viel von ihnen gesprochen. Allerdings hatte sie durch einen Schlaganfall das Gedächtnis verloren und die letzten Jahre in einem Pflegeheim verbracht. Ich bin immer am Wochenende hingefahren, um sie zu besuchen, und einmal war eine Mrs. Selbridge von Queensland zu Besuch, aber der bin ich nur flüchtig begegnet.« Ich mußte lächeln.

»Eines, was Tante Agnes gesagt hat, habe ich allerdings noch sehr deutlich in Erinnerung. ›Dein Vetter Julian‹, sagte sie, ›ist der Beste von der ganzen Gesellschaft. Julian West. Gut aussehend, gescheit, charmant – ein schneidiger Bursche, hätten wir in meiner Jugend gesagt. Weiß der Himmel, wie man so was heutzutage nennt. Sie sagen, er sei ein Verschwender.‹«

Ich schwieg und dachte wieder an das vergnügte Kichern meiner Tante und das verschmitzte Funkeln in ihren Augen.

»›Vielleicht ist er das‹, fuhr sie dann fort. ›Ich weiß nur, wäre ich vierzig Jahre jünger gewesen, hätte Eleanor ihn nicht gekriegt.‹«

»Wer ist Eleanor?« fragte Rochelle.

»Sie war eine Selbridge. Julian ist eigentlich gar nicht mein Vetter, er ist bloß mit meiner Cousine verheiratet. Übrigens sind die Selbridges eigentlich auch nicht meine echten Vettern und Cousinen. Blutsmäßig sind sie nicht mit mir verwandt – es besteht nur eine angeheiratete Verwandtschaft durch Tante Agnes' Ehe mit dem Onkel meines Vaters. Ich nehme an, die waren nicht gerade hoch erfreut, als sie feststellten, daß plötzlich eine Außenstehende Teilhaberin an ihrem Unternehmen war.«

»Muß ein bißchen komisch sein«, meinte Rochelle zustimmend. »Auch für dich, oder? Ich meine, die Teilhabe an einer Firma, von der du nichts verstehst, und das mit Partnern, die du noch nicht einmal vom Sehen kennst.«

»Ja«, sagte ich langsam. »Ich glaube, darüber habe ich bisher noch gar nicht richtig nachgedacht. Es war für mich bloß so eine vage Sache, ganz nett, falls es irgendwann mal was abwerfen sollte, aber daß ich dort je etwas anderes sein würde als eine stille Teilhaberin, daran habe ich nicht im Traum gedacht. Jetzt ist das freilich ein bißchen anders.«

»Julian klingt spannend.« Rochelle richtete sich plötzlich auf und bekam einen interessierten Gesichtsausdruck. »Hast du

nicht irgendwelche Fotos? Von der Selbridge-Sippe, meine ich?«
»Doch, ich glaube schon. Nach dem Tod von Tante Agnes mußte ich ihre Sachen sortieren, und darunter war auch ein großer Umschlag mit Fotos. Ich hab sie mir nicht genau angesehen, aber ich könnte mir denken, daß sicher etliche Familienfotos dabei sind.«
Ich stand auf, kramte in einer Schublade, fand den Umschlag und leerte seinen Inhalt auf den Tisch.
»Wie gesagt, einer Mrs. Selbridge bin ich einmal im Pflegeheim begegnet. Wahrscheinlich die Schwiegermutter des flotten Julian. Eine kleine gepflegte Dame in den Fünfzigern, soviel ich mich erinnere.«
Einige der Fotos waren sehr alt und mehr oder weniger verblichen. Andere waren neuere Farbabzüge, darunter eine Aufnahme, die ein junges Paar vor einer Kirche darstellte – offenbar ein Hochzeitsfoto, obgleich die junge Frau kein Brautkleid trug, sondern ein schlichtes mattblaues Alltagsgewand. Auf der Rückseite waren die Namen »Eleanor und Julian« geschrieben.
Während ich dastand und den Schnappschuß betrachtete, durchlief mich ein sonderbares kribbliges Gefühl, welches ich selbst jetzt, im nachhinein, nur zögernd als eine Art Vorahnung bezeichnen würde.
Aber es war etwas an Julian West, das die Aufmerksamkeit des Betrachters magisch anzog, und zwar nicht nur sein gutes Aussehen.
Er mußte schätzungsweise Mitte bis Ende Dreißig gewesen sein, als das Foto gemacht wurde. Er trug einen perfekt sitzenden taubengrauen Anzug, hatte blondes Haar und einen ebensolchen Schnurrbart, blaue Augen und ein Lächeln im Gesicht.
»Oho! Wer ist denn das?« fragte Rochelle über meine Schulter hinweg.
»Julian. Julian West. Und Eleanor natürlich.«
»Sieht fabelhaft aus. Sie übrigens auch. Schade, daß sie ihn

als erste gesehen hat. Aber mir scheint, als ob sie danach nie wieder einen anderen angesehen hätte.«
Rochelle hatte recht: Das Foto zeigte Eleanor, wie sie mit einem vor Glück strahlenden Gesicht zu Julian aufblickte. Sie war etwa siebenundzwanzig, eine große, schlanke junge Frau, blond und blauäugig wie ihr Mann und fast schön zu nennen.
»Wie kommt es, daß sie kein Brautkleid anhat?« fragte Rochelle.
»Ich weiß nicht. Es kommt mir so vor, als wäre sie schon einmal verheiratet gewesen – ob sie geschieden war oder verwitwet, daran kann ich mich nicht mehr erinnern.«
Rochelle sah die übrigen Fotos durch.
»Ist das nicht zum Verrücktwerden? All diese Aufnahmen von irgendwelchen Leuten und fast nirgendwo ein Name drauf. Könnte glatt sein, daß wir hier etliche deiner anverwandten Geschäftspartner vor Augen haben und es nicht mal wissen. Oh, schau her, das ist wieder Eleanor, also muß dies ihr erster Mann sein. Kein Vergleich mit dem zweiten!«
Eine jüngere Eleanor, im traditionellen weißen Kleid, vor einer anderen Kirche und am Arm eines anderen Mannes. Dieser war zehn bis fünfzehn Jahre älter, dunkelhaarig und sichtlich teuer gekleidet, aber in der Tat viel weniger gut aussehend als sein Nachfolger; während ich das konstatierte, schoß mir gleichzeitig der Gedanke durch den Kopf, daß dieser hier als Lebensgefährte erheblich unkomplizierter gewesen sein könnte.
Eleanor hatte allerdings nicht lange mit ihm gelebt. An die Rückseite des Fotos festgeklammert war ein sechs Jahre alter Zeitungsausschnitt mit einem Bild desselben Mannes.
»Peter De Witt, Gründer der Sunlink-Motelkette, kam gestern bei einem Autounfall auf dem Bruce Highway südlich von Maryborough ums Leben, als er mit seiner neuen Limousine gegen einen Baum prallte. Als Unfallursache wird eine Ölspur auf der Straße angenommen.«
Rochelle las den Text laut vor.

»Na, allmählich lernst du ja allerhand über die Familie. Wie viele gibt es denn davon?«

»Es gibt vier, die mit der Möbelfirma zu tun haben. Rachel Selbridge, vermutlich die Dame, die Tante Agnes besuchen kam, sowie ihre drei Kinder – sie ist Witwe. Sie war mit dem Sohn von Tante Agnes' Bruder George verheiratet, seinem einzigen Kind übrigens. Von Rachel Selbridges Kindern weiß ich, abgesehen von Eleanor, überhaupt nichts außer ihren Namen: Gordon und Nigel.«

»Also nur engste Familie in der Firma, außer dir.« Rochelle runzelte nachdenklich die Stirn. »Ich wünschte, ich könnte mich erinnern, warum der Name Selbridge sich meinem Gedächtnis eingeprägt hat. Ich bin sicher, es gab da irgendein Verbrechen, ein nicht alltägliches. Weißt du, Patricia, vielleicht bist du denen tatsächlich nicht übertrieben willkommen, wenn du jetzt plötzlich dort auftauchst und deine Nase in ihr gemütliches kleines Familienunternehmen steckst, um nachzuschauen, wie es funktioniert – oder gegebenenfalls wie es nicht funktioniert. Könnte sein, daß die ihre angeheiratete Cousine gar nicht gern haben werden.«

»Nein«, sagte ich langsam. »Nein, das ist sehr gut möglich.« Ich griff nochmals nach dem Brief. »Hier steht nichts darüber, welchen Standpunkt die Familie bezüglich des Kaufangebots einnimmt – kein Vorschlag, zu verkaufen oder nicht zu verkaufen. Ich weiß nur eines: Tante Agnes hätte gegen einen Verkauf gestimmt, und es sind ihre Anteile, die ich habe. Ich bin es ihr schuldig, wenigstens hinzufahren und mir die Firma so weit anzuschauen, daß ich eine halbwegs fundierte Entscheidung treffen kann.« Ich hob meine nassen Schuhe vom Boden auf und ging zum Badezimmer. »Ob sie mich nun mögen oder nicht, die Selbridges werden sich wohl oder übel mit meinem Besuch abfinden müssen. Hoffentlich scheint wenigstens die Sonne.«

2

Die Sonne strahlte tatsächlich vom Himmel, als ich vor einem Motel am Stadtrand anhielt und hineinging, um mir ein Zimmer zu nehmen. Die kleine Stadt lag zwischen Hügeln eingebettet in einer Talmulde. Auf dem letzten Stück der etwa eineinhalbstündigen Autofahrt von Brisbane hierhier hatte ich Felder von silbergrauen Ananasstauden gesehen, ein grünes, ziemlich dicht besiedeltes Tal im Westen und jenseits davon die Umrisse einer niedrigen Bergkette.
Ich fragte die Frau am Motelempfang, wie ich Selbridges Möbelfabrik finden könnte. Sie beschrieb mir den Weg und fügte hinzu: »Sie werden sie sofort erkennen. Die halten die Außenanlagen immer sehr gepflegt – Sträucher, Rasen und so.«
Die Frau hatte recht, dachte ich, während ich vor dem Gebäude aus Backstein und Fachwerk parkte. Es lag inmitten eines ausgedehnten, hübsch angelegten Grundstücks in einem Teil der Stadt, der jetzt Industriebezirk, zweifellos jedoch freies Gelände gewesen war, als der erste Selbridge hier seine Werkstatt einrichtete. Das Fabrikgebäude befand sich in gutem Zustand, das Holz war frisch gestrichen, der Rasen sauber gemäht, und die Gartenanlagen, eine attraktive Mischung aus einheimischen und exotischen Bäumen und Sträuchern, verrieten Besitzerstolz. Wenn Selbridge Furniture in Schwierigkeiten steckte, so war dies von außen jedenfalls nicht zu erkennen, was an sich für ein vernünftiges Geschäftsgebaren sprach, wie ich fand.
Als ich den Weg zu der Tür mit der Aufschrift »Büro« hinaufging, wurde mir klar, daß dies keine große Fabrik war, die Massenprodukte ausspuckte. Man vernahm ab und zu das Kreischen einer Motorsäge und andere Geräusche, die ich nicht identifizieren konnte, aber alles in ziemlich gedämpfter Lautstärke.
Das Büro war leer bis auf eine junge Frau an einer Schreibmaschine. Als ich eintrat, blickte sie auf.

»Kann ich Ihnen helfen?«
Es gab noch eine weitere Tür, offenbar zu einem dahinterliegenden Büro, auf welcher »Manager: G. Selbridge« stand, also sagte ich: »Ich würde gern Mr. Selbridge sprechen – Mr. Gordon Selbridge.«
»Tut mir leid. Mr. Selbridge ist zum Mittagessen. Vielleicht hat Mr. Weldon Zeit, Sie zu empfangen.«
»Wer ist Mr. Weldon?«
»Ihm untersteht unsere Buchhaltung, und er ist außerdem zuständig für Verkauf, Werbung und so weiter.«
»Klingt, als hätte er da alle Hände voll zu tun«, bemerkte ich ein wenig trocken.
»Wen darf ich melden, falls Sie ihn sprechen wollen?«
Eigentlich hatte ich überhaupt keine besondere Lust, diesen vielseitigen Mr. Weldon zu sprechen, aber es schien, als würde ich für den Augenblick mit ihm vorliebnehmen müssen.
»Mein Name ist Kent. Patricia Kent.«
Die Frau hatte unterdessen die Tür zum inneren Büro geöffnet; der Mann am Schreibtisch hob ruckartig den Kopf und sprang auf.
»Miss Kent! Kommen Sie doch bitte herein. Ich bin Martin Weldon.«
Während er sprach, eilte er auf mich zu: ein Mann um die Dreißig, mittelgroß, mit der Figur und der sonnengebräunten Haut eines Sportlers.
»Was für eine freudige Überraschung.«
Seine lebhaften braunen Augen strahlten mich an, und ich spürte, daß die Begrüßung echt war: Martin Weldon war tatsächlich erfreut, mich zu sehen. Ich überlegte flüchtig, warum.
Er schob mir einen Stuhl heran und setzte sich wieder hinter seinen Schreibtisch. Das Hauptbüro war ein ziemlich großer Raum, ausgestattet mit drei Schreibtischen und einem Reißbrett. Eine zweite Tür im Hintergrund führte, wie ich vermutete, direkt zur Fabrikhalle. Die Einrichtung

war für ein kleines Unternehmen höchst luxuriös; offensichtlich diente das Büro als Musterraum für zukünftige Kunden.
Martin Weldon sagte eine Minute lang gar nichts, sondern saß nur da und betrachtete mich schweigend aus seinen wachen dunklen Augen. Als ich es merkte, lächelte ich entschuldigend.
»Tut mir leid, ich war ganz in Gedanken. Sind das hier Selbridge-Möbel? Verzeihen Sie, aber es ist doch um einiges über dem durchschnittlichen Büromobiliar.«
Er lächelte. »Alle Selbridge-Möbel sind um einiges über dem Durchschnitt. Früher war das anscheinend nicht so. Aber Gordon – Gordon Selbridge – erkannte vor einigen Jahren, daß ein Kleinbetrieb sich auf Spitzenqualität konzentrieren muß, wenn er auf einem hart umkämpften Markt gegen die Konkurrenz bestehen will.«
»Wahrscheinlich hatte er recht«, erwiderte ich. »Aber es scheint nicht sehr gut funktioniert zu haben, nicht wahr?«
»Es hat funktioniert, ehe – na ja, ehe die Firma ihr Kapital verlor. Es kann wieder funktionieren. Das braucht einfach Zeit, bis sich ein Spitzenprodukt auf dem Markt richtig einführt. Die Firma kann überleben – und Gewinn abwerfen. Sie muß nicht verkauft werden.«
Seine Begeisterung überraschte mich ebenso wie seine Anspielung auf Kapitalverluste der Firma.
»Wird sie denn verkauft?« fragte ich.
Er holte Luft, um etwas zu sagen, und zögerte dann.
»Das ist eine Frage, die Sie und die anderen Partner entscheiden müssen. Aber deren Standpunkt ist Ihnen ja zweifellos bekannt. Es sind Ihre Verwandten, soviel ich weiß.«
»Nicht direkt. Nur angeheiratet. Und ihren Standpunkt kenne ich ganz und gar nicht. Wollen sie denn verkaufen?«
»Soviel mir bekannt ist, gehen die Meinungen darüber auseinander.«
Er verrät nichts, dachte ich. Er wußte genau, was sie beabsichtigten, und wollte nicht darüber sprechen.

»Sie möchten nicht, daß die Firma verkauft wird«, sagte ich. »Warum nicht?«
Die weißen Zähne blitzten unter dem kurzgestutzten schwarzen Schnurrbart, als er lächelte.
»Sie finden wohl, ich passe schlecht in die Rolle des treuen alten Mitarbeiters. Stimmt. Ich bin erst seit zwei Jahren da. Natürlich würde ich gern meinen Job behalten. Aber das ist es nicht allein. Ich habe angefangen, mich für die Firma zu interessieren, und wahrscheinlich spielt da auch eine Art persönlicher Stolz eine Rolle. Ich bin für Verkauf und Werbung zuständig. Als ich vorhin sagte, die Firma brauchte Zeit, um sich einzuführen, so meinte ich damit in Wirklichkeit, daß *ich* Zeit brauche, um sie einzuführen, und ich bin überzeugt, daß ich es schaffe. Ich bin so egoistisch, mir eine echte Chance zu wünschen. Es ist für mich eine Art Bewährungsprobe. So etwas reizt mich.«
Das glaubte ich ihm ohne weiteres.
»Sie sehen also, es geht mir bloß um mein eigenes Ego, nicht um irgendwelche edelmütigen oder altruistischen Motive, muß ich leider sagen.«
Auch das konnte ich glauben. Dieser Mann vor mir war ein Tatmensch, ein ehrgeiziger Mann, der sich nie damit zufriedengeben würde, sein Leben lang ein Angestellter zu bleiben. Ich fragte mich, ob er wohl hofft, sich als Teilhaber bei Selbridge einzukaufen, und mir schien, der Firma könnte Schlimmeres passieren, als ihn aufzunehmen.
»Miss Kent«, fuhr er fort, »verzeihen Sie meine Neugier, aber ich hatte immer den Eindruck, Sie lebten in Melbourne und seien so eine Art stille Teilhaberin bei Selbridge. Man erwartete, daß Sie Ihre Meinung über den Verkauf der Firma brieflich abgeben. Was hat Sie veranlaßt, hierherzukommen?«
»Ich hatte gerade meinen Job gekündigt und war daher zeitlich ungebunden. Aber vor allem bin ich gekommen, weil ich meine Anteile an Selbridge von einer Tante geerbt habe, die einem Verkauf nur zugestimmt haben würde, wenn es wirk-

lich keinen anderen Ausweg gegeben hätte, davon bin ich überzeugt. Ich hatte das Gefühl, ich sei es ihr irgendwie schuldig, herzukommen und mir selbst ein Urteil über die Situation zu bilden. Kein Unternehmen besteht nur aus den Zahlen der Geschäftsbilanz.«
Martin Weldon beobachtete mich aufmerksam.
»Sehr interessant, daß Sie das sagen. Ich würde Ihnen natürlich mit dem größten Vergnügen die Geschäftsbücher vorlegen, damit Sie sich ein Bild von der finanziellen Lage machen können. Im übrigen müssen Sie sich in der Fabrik umschauen und natürlich mit Ihren Partnern reden. Und darf ich Sie um eines bitten: Überlegen Sie in Ruhe, lassen Sie sich Zeit. Die Entscheidung braucht nicht vor Ablauf der nächsten Woche getroffen zu werden.«
Die Tür zum Vorbüro öffnete sich, und eine Männerstimme sagte: »Miss Kent, wie lieb von Ihnen, hierherzukommen. Mrs. Robinson hat mir gesagt, daß Sie hier sind – tut mir leid, daß ich gerade außer Haus war. Ich bin Gordon Selbridge.«
Er streckte mir lächelnd die Hand entgegen – ein Mann Mitte Dreißig, ziemlich groß, mit braunem Haar, das frühzeitig zu ergrauen begann, und blauen Augen hinter dunkelgeränderten Brillengläsern.
Das war der Mann, der nach Martin Weldons Aussage entschieden hatte, Selbridge Furniture auf Spitzenprodukte zu spezialisieren, um überlebensfähig zu bleiben. Er sah auch aus wie ein Mann, der imstande war, Entscheidungen zu treffen und danach zu handeln. Ich fragte mich, ob er wohl ebenso wie sein Verkaufsleiter den Wunsch hatte, seine Firma zu behalten und sich der Bewährungsprobe seiner eigenen Unternehmensstrategie zu stellen.
Wir plauderten eine Weile über Allgemeinplätze: Er wollte nichts davon hören, daß ich in einem Hotel wohnte. Im Gegenteil, er bestand darauf, persönlich anzurufen und mein Zimmer abzubestellen.
»Sie müssen bei uns wohnen. Wenn Sie möchten, zeige ich

Ihnen jetzt gleich den Weg zu uns hinaus – es ist ungefähr fünf Kilometer außerhalb. Oder wollen Sie sich lieber gleich ins Geschäftliche stürzen? Am besten würde sie Nigel durch die Fabrik führen, er ist Designer von allen unseren Sachen, aber er ist heute in Brisbane. Oder Martin kann Ihnen die Bücher zeigen und Sie über unsere augenblickliche finanzielle Situation ins Bild setzen.«

Ich lächelte. »Ich muß irgendwann irgendwo anfangen, deshalb bin ich hier. Mache ich also das Langweilige zuerst und sehe mir die Bücher an. Aber macht es denn auch wirklich keine Umstände, wenn ich bei Ihnen wohne?«

»Keineswegs. Christine – meine Frau – wird sich freuen. Es ist ein großes Haus mit viel Platz – Eleanors Räume nicht mitgezählt.«

Ich blinzelte. Eleanors Räume. Zum ersten Mal kam mir richtig zu Bewußtsein, daß ich in das Leben einer Familie hineinspaziert war, von der ich nicht das geringste wußte, und falls es, wie Martin Weldon angedeutet hatte, innerhalb der Familie Meinungsverschiedenheiten bezüglich eines Verkaufs der Firma gab, so würde ich Partei ergreifen müssen. Ich würde in nähere Beziehung zu diesen Menschen treten, würde mir womöglich die Feindschaft einiger von ihnen zuziehen, einfach weil ich Partei ergreifen müßte, indem ich mich für oder gegen einen Verkauf aussprach. Einen Augenblick lang wünschte ich, Tante Agnes hätte mir nie ihre Anteile an Selbridge hinterlassen.

Ich verbrachte ein paar Stunden damit, mich über die finanzielle Lage der Firma und ihre Geschäftstransaktionen der letzten zwei Jahre zu orientieren. Sie war hoch verschuldet gewesen, hatte sich jedoch durch ständig wachsendes Auftragsvolumen fast gänzlich aus ihren Schulden hinausarbeiten können, und für mich sah es so aus, als würde sie weitermachen können: Ob mit Gewinn, vermochte ich allerdings nicht vorherzusagen. Ich konnte also verstehen, warum einige Familienmitglieder den Wunsch hatten zu verkaufen.

Rachel Selbridge, Eleanor West und ich als stille Teilhaberinnen waren abhängig davon, daß das Unternehmen Gewinn abwarf, ehe wir ein Einkommen daraus erhielten. Gordon und Nigel, die voll in der Firma arbeiteten, stand natürlich ein Gehalt zu. Gordons Gehalt war höchst bescheiden – die in der Herstellung tätigen Facharbeiter verdienten mehr als er. Nigels Gehalt war sogar erschreckend niedrig. Und da die Firma keine Gewinne abgeworfen hatte, war für Rachel, Eleanor und mich nichts abgefallen. Mir hatte das nichts ausgemacht, denn ich hatte einen guten Job, und die Tatsache, stille Teilhaberin an einer Möbelfabrik zu sein, war für mich ohnehin nicht mehr als eine amüsante Vorstellung gewesen. Zumindest Rachel jedoch mochte in einer ganz anderen Lage sein. Von Eleanor wußte ich nichts, obwohl es schien, als hätte ihr erster Mann sie finanziell gut versorgt hinterlassen. Auch über Julian Wests berufliche Tätigkeit war mir nichts bekannt.

Jeder einzelne von ihnen konnte also durchaus das Bedürfnis haben, wenigstens irgendwann finanziellen Nutzen aus der Möbelfabrik Selbridge zu ziehen – durch einen Verkauf.

»Ich glaube, ich sollte Sie jetzt nach Hause bringen«, unterbrach Gordons Stimme meine Gedanken. »Ich habe Christine angerufen, und sie erwartet Sie zum Tee. Nigel kommt zum Abendessen zu uns, und wahrscheinlich können Sie sich auch mit Eleanor bekannt machen, obwohl ich bezweifle, daß sie mit uns essen wird. Und natürlich müssen Sie auch meine Mutter kennenlernen – vielleicht morgen. Sie hat ein Apartment in einem der hiesigen Badeorte. Das Geschäftliche lassen wir wohl, bis Sie mit uns allen zusammengetroffen sind.«

»Vielen Dank, Sie sind sehr freundlich.« Ich zögerte: »Sie sagten, Eleanor hat eine Wohnung in Ihrem Haus.« Es war halb eine Frage.

Er schüttelte den Kopf. »Nicht direkt. Das Haus gehört ihr. Sie bewohnt einen kleinen Teil davon. Christine und ich haben das übrige Haus von ihr gemietet.«

»Ach so«, murmelte ich. »Ich verstehe.«

Ich verstand natürlich nichts. Eine kleine Wohnung in ihrem eigenen Haus, während sie den Rest davon vermieteten, schien mir eine eigenartige Situation für Eleanor und Julian. Aber es mußte Gründe dafür geben, und ich fand, daß ich nicht gleich mit Fragen über die Lebensgewohnheiten der Familie herausplatzen konnte.

Ich fuhr hinter Gordons Wagen her, durch ausgedehnte Wohnviertel hinaus aufs Land, der mit niedrigem Buschwerk bewachsenen Bergkette entgegen, bis die geteerte Straße in eine sandige Landstraße überging. Schließlich bog Gordon ab und fuhr auf ein von Bäumen beschattetes Haus zu, ein Gebäude im Kolonialstil aus Holzbalken und Ziegelwerk, mit tiefen Veranden, das trotz seines offenkundigen Alters den Eindruck solider Behaglichkeit vermittelte. Ein großes, weitläufiges Haus, welches in eine andere Zeit gehörte, aber wunderbar in die Umgebung paßte. Die Bergkette dahinter war nicht so nahe, daß sie bedrückend gewirkt hätte, und der Blick ging über welliges Hügelland zu der kleinen Stadt im Tal und den sanftgrünen Zuckerrohrfeldern jenseits davon. An einem nahen Hang wuchsen Bananen in einer Pflanzung, und ein Stückchen weiter zog eine Herde Milchvieh in langer Reihe von der Weide zum nachmittäglichen Melken nach Hause. Das Kläffen eines Hirtenhundes klang durch die klare Winterluft, als ich aus dem Wagen stieg.

Eine Frau von ungefähr dreißig, blond und ein bißchen rundlich, kam heraus, um uns zu begrüßen.

»Ich freue mich, Sie kennenzulernen, Patricia«, rief sie und küßte mich mit ungezwungener Herzlichkeit auf die Wange. »Gordon bringt Ihre Sachen herein, und ich zeige Ihnen inzwischen Ihr Zimmer. In zehn Minuten gibt's Tee, sobald Sie sich frischgemacht haben. Wenn Sie den ganzen Nachmittag Bilanzen gewälzt haben, werden Sie eine Tasse Tee bestimmt vertragen können.«

Wir tranken unseren Tee in einem freundlichen, sonnigen Zimmer. Offensichtlich war das Haus von oben bis unten

aufwendig renoviert worden, mit viel Geschmack übrigens, wobei man geschickt Vertäfelungen in warmgetöntem Zederholz mit hellem, kühl wirkendem Wandanstrich kombiniert hatte.
Gordon fuhr wieder in die Fabrik, während Christine und ich das Teegeschirr abräumten. Wir unterhielten uns dabei recht ungezwungen, doch ich spürte, daß sie jede Diskussion über den Grund meiner Anwesenheit vermeiden wollte. Nur Tante Agnes wurde erwähnt, die Christine bei deren gelegentlichen Besuchen in Queensland in der Fabrik, die so lange einen wichtigen Bestandteil ihres Lebens bildete, kennengelernt hatte.
Dann klingelte das Telefon, und da Christine in ein längeres Gespräch verwickelt zu sein schien, begab ich mich in den Garten, der hübsch, groß und gut gepflegt war. Ich setzte mich auf eine Bank vor einer sonnenerwärmten Steinmauer und blickte über die Felder, welche das Haus umgaben. Bald würde die Sonne hinter der Bergkette im Westen untergehen.
Von irgendwoher tauchte ein prächtiger Schäferhund auf. Ich sah ihn erst, als er an meiner Hand schnüffelte, und fuhr zusammen. Aber seine Absichten waren rein freundschaftlicher Natur. Er legte sich mir zu Füßen, und ich kraulte ihn hinter den Ohren.
Eine große schlanke Frau in grauen Hosen und einer rosa Bluse, die gut zu ihren blonden Haaren paßte, kam langsam die Einfahrt herauf. Sie hielt den Kopf gesenkt und schien mich nicht zu bemerken. Als sie dicht heran war, stand ich auf und sagte: »Guten Tag.«
Sie blickte rasch auf, und ich erkannte sie als die Frau auf den beiden Hochzeitsfotos. Gleichzeitig jedoch sah ich mit einem Gefühl echten Entsetzens, daß etwas – etwas Furchtbares passiert sein mußte, seit jene junge Frau am Tag ihrer Hochzeit in lächelnder Anbetung zu Julian West emporgeblickt hatte.
Obwohl das nur etwa vier Jahre zurücklag, schien sie inzwi-

schen um zwanzig Jahre gealtert. Ihr Gesicht war verhärmt, ihre Augen ohne Glanz, ihr Mund ein verbitterter Strich. Es ging soviel Verzweiflung, soviel Gram von ihr aus, daß man es fast körperlich spüren konnte.
»Sie müssen Mrs. West sein – Eleanor«, sagte ich.
Sie sah mich mit unverhohlener Feindseligkeit an.
»Wer sind Sie?« fragte sie scharf.
»Patricia Kent. Ich bin die angeheiratete Nichte Ihrer Tante Agnes«, fügte ich hinzu, als ihre unbewegte Miene zu verraten schien, daß mein Name ihr nichts bedeutete. Und plötzlich fragte ich mich, ob für Eleanor überhaupt noch irgend etwas von Bedeutung war, denn trotz ihrer raschen Frage vorhin schien sie irgendwie weit weg.
»Warum sind Sie hergekommen?«
»Um mir die Firma selbst anzusehen, ehe ich eine Entscheidung treffe, ob ich einem Verkauf zustimmen soll oder nicht. Ich fand, daß ich Tante Agnes das schuldig bin. Freilich wird meine Stimme wohl nicht viel zählen.«
»Hat man es Ihnen denn nicht gesagt?«
Ich schüttelte den Kopf. »Was gesagt?«
Sie hatte sich nicht gerührt, während wir sprachen, keine Kopfbewegung, keine Geste – es lag etwas Entnervendes in ihrer Starre.
»Oh, Ihre Stimme zählt allerdings«, erklärte sie. »Sie sollten sich also lieber vergewissern, daß Sie richtig stimmen, nicht wahr?«
»Verzeihen Sie, aber das verstehe ich nicht ganz.«
»Wir sind eine entzweite Familie im wahrsten Sinn des Wortes.« Zum ersten Mal lag eine Spur von höhnischer Belustigung in ihrer Stimme. »Zwei dafür, zwei dagegen. Ihre Stimme gibt den Ausschlag.«
Ich starrte sie an. »O nein!« stieß ich hervor. Mir war, als hätte sich plötzlich eine schwere Last auf meine Schultern gesenkt. Was ich teils als eine Art Dankesschuld einer alten Dame gegenüber, teils aber als einen amüsanten Zeitvertreib vor meiner nächsten Jobsuche angesehen hatte, nahm

Dimensionen an, deren Tragweite ich nicht abschätzen konnte.
Ich deutete auf die Gartenbank, auf der ich gesessen hatte. »Könnten wir das besprechen?«
Der Anflug von Lebendigkeit, der in Eleanors Gesicht aufgeblitzt hatte, war bereits wieder verschwunden und stumpfer Gleichgültigkeit gewichen.
»Die anderen können Ihnen ja alles erzählen«, sagte sie.
»Aber ich muß so vieles wissen«, wandte ich ein. »Vor allem, wenn es unterschiedliche Meinungen gibt. Die Firma befindet sich seit drei Generationen im Besitz Ihrer Familie. Ich könnte mir vorstellen, daß der Gedanke, sie zu verkaufen, ziemlich schmerzliche Gefühle hervorrufen muß.«
»Schmerzliche Gefühle!«
Sie sagte das leise, jedoch mit einer Heftigkeit, die mich so erschreckte, als hätte sie laut geschrien. Mit eisiger Verachtung in den Augen starrte sie mich an. »Was wissen Sie von unseren schmerzlichen Gefühlen?«
Damit drehte sie sich brüsk um und ging ins Haus.
Ich setzte mich langsam wieder auf die Bank. Der Hund hob den Kopf und klopfte mit dem Schwanz, während er Eleanor nachschaute, machte aber keine Anstalten, ihr zu folgen.
»Was ist bloß in diesem Haus geschehen?« sagte ich laut zu ihm. »Und wo ist Julian?«
»Vielleicht schauen Sie sich mal in Südamerika um«, ließ sich eine Männerstimme hinter mir vernehmen.
Ich schnellte herum. Mein erster beschämter Gedanke – daß es Julian West selber war – wurde sofort widerlegt. Dies war nicht der hübsche Mensch auf dem Foto. Ein sympathisch aussehender Mann, aber keineswegs hübsch, und schon gar nicht das, was Tante Agnes als »schneidig« bezeichnet hätte. Er war ziemlich groß, mit aschblonden Haaren und haselnußbraunen Augen; obwohl er einen tadellosen Straßenanzug trug, brachte er es fertig, leicht zerknittert auszusehen, und ich hatte irgendwie den Eindruck, als wäre das bei ihm immer so.

»Tag, Patricia. Ich bin Nigel. Christine hat mir gesagt, daß Sie irgendwo hier draußen sind. Wie ich sehe, haben Sie Tessa bereits kennengelernt.« Er bückte sich und streichelte den Hund. »Und Eleanor auch.«
Er setzte sich neben mich auf die Bank und streckte die langen Beine von sich.
»Stören Sie sich nicht an Eleanor. Sie lebt neuerdings sehr zurückgezogen.« Er warf einen Blick zum Haus, und es lag Mitgefühl in seiner Miene. Dann sah er mich an. »Ich freue mich, daß Sie Tante Agnes hoch genug geschätzt haben, um sich ihr zuliebe die Mühe einer Reise hierher zu machen und sich persönlich über die Firma zu orientieren. Wir hatten sie auch alle sehr gern.«
»Ich wünschte allmählich«, seufzte ich kläglich, »ich wäre nicht gekommen. Eleanor hat mir gerade erzählt, daß meine Stimme den Ausschlag geben wird. Das sollte nicht so sein! Wie kann ich eine solche Entscheidung treffen?«
Er ließ die Augen prüfend über mein Gesicht wandern.
»Schade, daß Sie wissen, daß alles von Ihnen abhängt. Hat Eleanor Ihnen auch gesagt, wer von uns welche Lösung wünscht?«
Ich schüttelte den Kopf.
»Gut. Gordon und ich haben uns darüber unterhalten – ich hab auf dem Rückweg von Brisbane kurz in der Fabrik vorbeigeschaut und bin dann, von verständlicher Neugier geplagt, sofort herausgefahren, um Sie zu sehen. Außerdem haben wir mit Mutter telefoniert, und ich werde auch gleich noch mit Eleanor sprechen. Wir haben beschlossen, Ihnen nicht zu sagen, was wir gern täten, sondern Sie Ihre Entscheidung unbeeinflußt treffen zu lassen. Niemand wird Sie so unter Druck setzen können.«
»Martin Weldon möchte weitermachen«, sagte ich. »Er ist überzeugt, daß das Unternehmen überlebensfähig ist und der Absatz gesteigert werden kann.«
Nigel lächelte. »Martin ist der geborene Optimist.«
»Vielleicht hat er recht. Ich zumindest fand seinen Enthusi-

asmus interessant.« Als Nigel keine Antwort gab, fügte ich rasch hinzu: »Tut mir leid. Das hörte sich an, als wollte ich herauskriegen, was Sie meinen, und ich sehe ein, daß es anständig gemeint ist von Ihnen allen, wenn Sie mich nicht beeinflussen wollen.« Ich sah ihm ins Gesicht. »Was haben Sie damit gemeint, als Sie sagten, Julian sei vielleicht in Südamerika?«
»Soviel ich weiß«, erwiderte er trocken, »sind einige südamerikanische Länder nicht zur Auslieferung verpflichtet.«
»Auslieferung? Warum sollte unsere Polizei Julian West ausliefern lassen wollen?«
»Wegen Mordes – beziehungsweise Mordversuchs, der ja – ohne einen glücklichen Zufall – auf das gleiche hinausläuft.«

3

»Mord?« Ich starrte Nigel entgeistert an. »Aber – wer?«
Zerstreut kraulte er mit dem Fuß den Rücken von Tessa, die sich die letzten Sonnenstrahlen auf den Pelz scheinen ließ.
»Sie wissen eigentlich überhaupt nichts von uns, wie?«
»Nein – nein, eigentlich nicht. Ich weiß, daß Eleanor mit Peter De Witt verheiratet war, der bei einem Unfall ums Leben kam, und daß sie später Julian West geheiratet hat. Tante Agnes«, fügte ich trotzig hinzu, »fand Julian wunderbar.«
»Tja. Zum Glück hat sie nicht mehr erfahren müssen, was passiert ist.«
Er verstummte und streichelte angelegentlich Tessas Rükken.
»Wollen Sie mir nicht erzählen, was passiert ist?« fragte ich. »Einmal muß ich es ja doch erfahren.«
Er nickte. »Ja, natürlich. Es ist ja kein Geheimnis. Ich habe eben bloß überlegt, wo ich anfangen soll. Sehen Sie, als mein Vater starb, befand sich die Firma in einer finanziellen Krise. Ich war gerade nach meiner Militärzeit aus Vietnam zurück-

gekommen und vermutlich keine große Hilfe. Ich wollte mich ein bißchen ausleben und war an dem Familienunternehmen nicht allzusehr interessiert. Vor meiner Einberufung hatte ich mein Architekturexamen gemacht – ich war bis zum Abschluß meines Studiums vom Militär zurückgestellt worden.«

»Sie sind Architekt? Warum arbeiten Sie dann in einer Möbelfabrik? Verzeihung«, fügte ich eilig hinzu. »Es geht mich ja nichts an.«

»Oh, das ist auch kein Geheimnis. Mein Vater war der Designer unserer Möbel. Gordon hatte unter Dad eine richtiggehende Lehre gemacht und nachher ein Managementstudium absolviert. Er ist ein tüchtiger Kerl, aber ein Designer ist er nicht. In der Zeit hatten wir ein Zweitunternehmen in einem Vorort von Brisbane, und Gordon war der Manager dort. Unglücklicherweise hatten wir uns mit dieser Zweigniederlassung übernommen, und die Dinge liefen schlecht. Dann kam Dad bei einem Bootsunglück ums Leben.«

»Das tut mir leid«, sagte ich verlegen. »Davon wußte ich nichts.«

»Er war leidenschaftlicher Segler und hatte einen kleinen Katamaran. Eines Tages fuhr er damit hinaus – allein wie üblich –, obwohl die Wetterbedingungen nicht gut genug waren. Aber ein bißchen stürmisches Wetter war für ihn so eine Art Mutprobe, und oft hat er Mutter fast zu Tode geängstigt, weil er trotz Schlechtwettervorhersage hinausfuhr. Er lachte bloß darüber. Aber diesmal war die See zu stark für ihn. Der Katamaran zerschellte, und mein Vater ertrank.«

»Das tut mir leid«, wiederholte ich hilflos.

Er schwieg eine Weile.

»Na ja, das hieß, daß die Firma keinen Designer besaß, und da ich mich noch nicht als Architekt etabliert hatte, stieg ich ein und entwarf eben Möbel statt Häuser.« Er lächelte schwach. »Ich muß gestehen, daß ich das viel interessanter und reizvoller fand, als ich ursprünglich erwartet hatte. Vor

allem nachdem Gordon durchsetzte, daß wir nur noch Spitzenqualität herstellten.«
Nigel verschränkte die Hände hinter dem Kopf und blickte träge hinaus in die Landschaft. Er sah eigentlich nicht aus wie ein Mensch, der sich gern herausfordern läßt.
»Julian machte damals unsere Buchhaltung«, fuhr er schließlich fort. »Er war mit Eleanor verheiratet, und die hatte ihm bei ihrer Hochzeit ihr halbes Vermögen überschrieben. Peter, ihr erster Mann, hatte sie in sehr geordneten finanziellen Verhältnissen hinterlassen, aber als dann Julian kam, fand sie den Gedanken unerträglich, daß er nichts besaß, während sie ein kleines Vermögen hatte. Bevor sie heirateten, kaufte sie dieses alte Haus, und sie ließen es gründlich renovieren und umbauen, während sie für drei Monate auf Hochzeitsreise gingen. Welche selbstverständlich Eleanor bezahlte. Julian kümmerte sich sehr um die Umbaupläne, und man muß zugeben, er hat dabei wirklich viel künstlerischen Sinn bewiesen, wie Sie merken werden, wenn Sie sich das Haus innen anschauen.«
Ich nickte. »Es ist sehr schön.«
»Dann begann Eleanor an Schlafstörungen zu leiden und kriegte Schlaftabletten verschrieben. Sie und Julian müssen damals so – na, so ungefähr eineinhalb Jahre verheiratet gewesen sein. Julian meinte, sie fürchte sich bei Nacht, und das sei der Grund, warum sie nicht schlafen könne, also ließ er Fenstergitter und stahlvergitterte Türen anbringen. Julian war abends oft weg – Rotarierclubtreffen und so. Die beiden beschäftigten ein älteres Ehepaar, aber deren Zimmer lag genau auf der entgegengesetzten Seite des Hauses, von Eleanor und Julians Schlafzimmer aus gesehen. Wahrscheinlich fühlte sich Eleanor, wenn Julian weg war, also tatsächlich ein bißchen einsam in dem Haus – es ist immerhin ein großes Haus, und Gordon und Christine lebten damals natürlich noch nicht dort.«
Nigel machte eine Pause und blickte mit bedrückter Miene zum Haus hinauf.

»Es geschah in einer Nacht im Frühling«, fuhr er schließlich fort. »Vor knapp zwei Jahren. Julian sagte, er wollte einen Besuch bei Leuten machen, die – na, vielleicht zwei Kilometer weiter an der Straße wohnen. Es ging um irgendein Projekt für die Rotarier. Er war ein Fitneß-Fanatiker, deshalb fand niemand etwas dabei, als er sagte, er wollte zu Fuß gehen, statt den Wagen zu nehmen, obwohl sich ein Gewitter ankündigte. Er würde gern ein bißchen frische Luft schnappen, meinte er, es sei so ein heißer Tag gewesen. Eleanor erklärte, sie sei müde und wolle früh zu Bett. Die Marshs, das Angestelltenehepaar, schauten noch eine Weile fern und gingen dann ebenfalls zeitig zu Bett, wie es wohl ihrer Gewohnheit entsprach. Sie hatten noch nicht lange geschlafen, als das Gewitter losbrach. Mrs. Marsh wachte durch den Sturm und Regen auf; es hätte einen wahnsinnigen Donnerschlag gegeben, sagte sie. Sie stand auf, um ihr Schlafzimmerfenster zuzumachen, und roch plötzlich Rauch.

Zuerst, sagte sie, hätte sie angenommen, es komme von irgendwo anders her, aber dann wurde der Geruch stärker, und sie schaute im Haus nach. Als sie zur anderen Seite des Hauses kam, sah sie einen Lichtschein im Garten und erkannte, daß es der Widerschein eines Feuers war, der von innerhalb des Hauses durch ein Fenster fiel.«

»Eleanors Zimmer«, flüsterte ich, und es überlief mich kalt, als ich zu verstehen begann.

»Ja«, sagte er knapp und sprach weiter, ohne mich anzusehen. »Mrs. Marsh schrie nach ihrem Mann, aber der hörte ein bißchen schwer, und der Sturm machte einen Höllenlärm. Mrs. Marsh rannte zu Eleanors Tür und versuchte, sie zu öffnen, während sie gleichzeitig Eleanor zuschrie, sie solle aufmachen. Aber die Tür ging nicht auf. Mrs. Marsh dachte, sie klemmte, denn Eleanor sperrte nie ab, obwohl innen an der Tür ein Schlüssel steckte. Aber dann merkte sie, wie sie sagte, daß die Tür eben doch versperrt war. Von Eleanor drinnen kam kein Laut, und Arthur Marsh hatte die Hilferufe seiner Frau immer noch nicht gehört.«

Mir wurde ganz übel, als ich mir vorstellte, wie die Frau verzweifelt gegen die Tür hämmerte und nach zwei Leuten schrie, die sie beide nicht hörten, während drinnen im Zimmer das Feuer hungrig um sich griff und nach den Vorhängen und Bettlaken züngelte.
»Gottlob«, fuhr Nigel fort, »behielt Mrs. Marsh einen klaren Kopf. Selbst wenn Arthur sie sofort gehört hätte, wäre es ihnen vermutlich schwergefallen, die Tür einzuschlagen – alle Türen im Haus sind aus massivem Eichenholz mit festen Schlössern. Sie hätten eine Axt holen müssen, und bis dahin wäre es viel zu spät gewesen. Aber die Frau erinnerte sich an einen Schlüsselbund in einer Küchenschublade, von dem Eleanor ihr einmal gesagt hatte, es seien Zweitschlüssel für alle Türen im Haus. Sie rannte zur Küche. Im gleichen Moment tauchte auch endlich Arthur auf, und sie rief ihm zu, er solle die Feuerwehr und die Ambulanz rufen.
Sie sagte später, ihre Hände hätten so gezittert, daß sie glaubte, sie würde den richtigen Schlüssel niemals finden, aber sie schaffte es sogar schnell. Die Tür ging auf, die beiden stürzten ins Zimmer und zerrten mit vereinten Kräften Eleanor heraus. Sie war bewußtlos. Glücklicherweise war Arthur im Zweiten Weltkrieg bei der Marine gewesen und hatte als Sanitäter gearbeitet. Er kannte sich also nicht nur mit Bränden aus, er verstand auch etwas von Erster Hilfe. Sobald sie Eleanor draußen hatten, knallte er die Tür wieder zu; das half, das Feuer einzudämmen, da man ihm dadurch die Luftzufuhr abschnitt. Das Fenster war ja bereits zu – der einzige Grund, daß das Feuer sich nicht viel rascher ausgebreitet hatte. Es hat ihm an Luft gemangelt.
Die beiden trugen Eleanor nach draußen, Arthur stellte fest, daß sie noch atmete, und legte sie fachgerecht auf den Boden. Dann rannte er wieder ins Haus, packte einen Feuerlöscher – der übrigens nur gekauft worden war, weil er so darauf bestanden hatte – und bekämpfte den Brand, so gut es ging, bis die Feuerwehr eintraf. Der gelang es, den Brand auf den einen Raum zu beschränken.«

»Ganz schön mutig von den Marshs – in ein brennendes Zimmer zu gehen.«
Nigel nickte. »Beide sind offiziell wegen Tapferkeit ausgezeichnet worden. Das haben sie meiner Meinung auch verdient. Als Eleanor sich erholt hatte, kaufte sie ihnen ein Häuschen für ihren Ruhestand.«
»Wäre Mrs. Marsh nicht wegen dem Gewitter aufgewacht«, sagte ich langsam, »so wäre Eleanor gestorben.«
»O ja. Zweifellos. Man muß fast an eine göttliche Fügung denken. Sie hätten alle sterben können – auch die Marshs. Ich hab mich oft gefragt, ob Julian je daran gedacht hat.«
»Julian!« stieß ich unwillkürlich hervor.
Nigel sah mich neugierig an. »Was dachten Sie denn, wovon ich gesprochen habe. Von einem Unglücksfall?«
»Nein, nein. Ich wußte schon, worauf Sie hinauswollten. Aber für einen Augenblick hatte ich's vergessen. Es fällt einem schwer zu glauben, daß jemand so – so schlecht sein kann.«
Ein Schulbus kam die Straße herauf und hielt vor der Einfahrt an. Sofort sprang Tessa auf und trottete den beiden Kindern entgegen, die aus dem Bus stiegen. Ein Mädchen und ein Junge, etwa zehn und acht Jahre alt, begrüßten den Hund voll Freude, winkten uns zu, wobei sie mich neugierig musterten, und verschwanden im Haus.
»Wendy und Ken. Die Kinder von Gordon und Christine«, erklärte Nigel. »Nette Kinder.«
»Wissen sie, was hier geschehen ist?«
» O ja. Aber ich glaube nicht, daß es bei ihnen einen großen Eindruck hinterlassen hat, obwohl man das natürlich schwer beurteilen kann. Sie mochten Julians lockere Art, und Eleanor haben sie immer sehr gern gehabt. Ich glaube, vor allem Kenny findet es traurig, daß sie nicht mehr mit ihnen Spiele machen will wie früher.«
Ich warf Nigel einen erschrockenen Blick zu. »So schlimm steht es?«
»Allerdings.« Seine Stimme klang bitter. »Eleanor bewohnt

zwei Zimmer in ihrem eigenen Haus, die sie kaum je verläßt, außer für gelegentliche Spaziergänge über die Koppeln, wo sie sicher sein kann, keinem zu begegnen. Meine Schwester war ein attraktives Mädchen, klug, talentiert, fröhlich. Nun ist sie eine verbitterte, innerlich zerstörte, menschenscheue Frau, und das mit zweiunddreißig Jahren. Ich hoffe, ich werde dem Schweinehund, der ihr das angetan hat, nie begegnen; er ist es bei Gott nicht wert, daß man für ihn ins Kittchen wandert.«

»Sie muß ihn sehr geliebt haben«, sagte ich nach kurzem Schweigen.

»Sie hat Peter, ihren ersten Mann, geliebt; als er starb, war das ein schwerer Schlag für sie. Aber Julian – Julian war für sie Sonne, Mond und Sterne in einem. Julian war der Mittelpunkt ihrer Welt. Wäre er gestorben, so wäre das schlimm genug gewesen für sie. Aber zu tun, was er getan hat –« Nigel verstummte kopfschüttelnd.

»Wie hat er es gemacht? Und warum? Sie sagten doch, Eleanor habe ihm schon ihr halbes Vermögen gegeben.«

»Ja. Aber die Hälfte war ihm nicht genug. Nein, Julian genügte das nicht. Niemand weiß, was er mit dem ganzen Geld gemacht hat. Er hat ziemlich ausgiebig an der Börse spekuliert, und anscheinend gab er auch sonst überall das Geld mit vollen Händen aus. Das Geld, das Eleanor ihm geschenkt hatte, war jedenfalls verschwunden – wohin auch immer –, obwohl das bis zur polizeilichen Untersuchung keiner ahnte. Aber das war noch nicht genug gewesen. Er hatte es auch sehr geschickt angestellt, einen hübschen Batzen Geld unserer Firma zu veruntreuen – genug jedenfalls, um sie an den Rand des Ruins zu bringen.« Nigel lächelte ironisch. »Und obwohl wir, er und ich, beide in der Lage gewesen wären, Firmengelder für unseren privaten Gebrauch abzuzweigen, ging er so geschickt zu Werk, daß es am Ende gar wahrscheinlicher erschien, ich sei derjenige gewesen, der es getan hat.«

»Sie? Aber es ist doch Ihre eigene Firma!«

»Nur ein Teil davon.«
»Aber Ihre Familie hätte doch niemals geglaubt, daß Sie es gewesen sind.«
Nigel zuckte die Achseln.
»So was gibt's. Daß Familienmitglieder einander bestehlen. Und von Julian hätten sie es nur sehr schwer geglaubt. Ich ging damals gerade durch die erwähnte Amüsierphase. Dazu gehörte auch das Spiel, was meiner Familie Sorgen machte. Ich habe nie um hohe Summen gespielt, aber das konnte niemand wissen. Vielleicht dachte Julian, er könnte das Geld zurückzahlen, ehe die Sache aufflog. Vielleicht sollte ich auch als Sündenbock für den Notfall herhalten.«
»Wie merkte man denn überhaupt, daß der Brand kein Unglücksfall war?«
»Na ja, die Ambulanz fuhr mit Eleanor ins Krankenhaus, denn sie war noch immer bewußtlos, und jeder dachte erst, das käme vom Rauch und von den giftigen Gasen, die sich bei einem Brand entwickeln. Aber ein kluger Arzt merkte sofort, daß etwas anderes dahintersteckte. Sie hatte eine Überdosis von ihren Schlaftabletten genommen – nicht genug, um daran zu sterben, aber reichlich genug, um das Bewußtsein zu verlieren. Die Spurensicherung ergab, daß das Feuer in einem Papierkorb neben ihrem Nachttisch ausgebrochen war. Ein Aschenbecher war hineingefallen, und wahrscheinlich hätte man normalerweise angenommen, daß das Feuer durch einen glimmenden Zigarettenstummel verursacht worden war. Eleanor raucht jetzt nicht mehr, aber damals hat sie noch geraucht. Neben dem Papierkorb befanden sich lange Vorhänge. Man vermutet, daß Julian reichlich Papier in den Papierkorb getan und dieses mit einem Streichholz angezündet hatte. Eine halbe Stunde später hätte er dann zurückkommen und den trauernden Ehemann spielen können. Jeder hätte mitfühlend den Kopf geschüttelt, und er hätte das Haus und den Rest von Eleanors Geld eingesackt. Und wissen Sie, vielleicht hatte er die erste Hälfte davon ja auch gar nicht ausgegeben. Fest steht nur, daß das Geld von seinem

Konto verschwunden war. Es hätte auf einem anderen Konto unter einem anderen Namen auftauchen können. Vielleicht wollte er mit dem Geld aus Eleanors Nachlaß auch die veruntreute Summe an die Firma zurückzahlen, vielleicht aber wollte er auch mir die Schuld in die Schuhe schieben.«

»Doch sein Plan schlug fehl«, warf ich ein.

Nigel nickte. »Wahrscheinlich wartete er in sicherer Entfernung und beobachtete das Haus. Die Leute, die er angeblich besuchen wollte, waren aus, aber wenn alles geklappt hätte, hätte dieses Haus längst unrettbar in Flammen gestanden, ehe er wieder von dort zurücksein konnte.«

»Wußten die Marshs denn, ob er das Haus auch wirklich verlassen hatte? Es muß doch ein furchtbares Risiko für ihn gewesen sein, wegzugehen und heimlich wieder zurückzukommen. Sie hätten ihn sehen können.«

»Ja. Das war die Hoffnung, an die Eleanor sich zu Anfang klammerte: daß es unmöglich war. Er hat das Haus verlassen, soviel steht fest. Arthur Marsh sah ihn die Auffahrt hinuntergehen – er hat Arthur sogar zugerufen, um ihm einen Baum im Garten zu zeigen, der gefällt werden sollte. Mit ziemlicher Sicherheit ein absichtliches Manöver, um einen Zeugen zu haben für die Tatsache, daß er das Haus auch wirklich verlassen hatte, ehe Eleanor ins Bett ging. Um zum Schlafzimmer und wieder zurückzugelangen, hätte er durch die Diele an dem Raum vorbeigemußt, wo die Marshs saßen und fernsahen.«

»Angenommen, sie hätten ihn gesehen?«

»Das Risiko war wahrscheinlich nicht so groß, wie man meinen möchte. Und selbst wenn sie ihn gesehen hätten, bestimmt hätte er irgendeine plausible Erklärung parat gehabt. Es hätte für ihn lediglich bedeutet, seinen Plan auf ein anderes Mal zu verschieben.«

»Warum hätte er nicht einfach durch das Schlafzimmerfenster ein- und aussteigen können?«

»Er hatte doch die Fenster vergittern lassen, angeblich um

Eleanors Nerven zu beruhigen.« Nigel zuckte die Achseln. »Wie gesagt, er war schlau. Und er hatte Glück.«
»Aber das verließ ihn dann.«
»Ja. Er muß beobachtet haben, wie die Ambulanz eintraf und die Feuerwehr, wie der Brand gelöscht wurde und wie der Rettungswagen mit heulender Sirene davonbrauste, was ihm verriet, daß darin eine noch lebende Frau transportiert wurde und nicht eine Tote, die ihm ein hübsches Erbe hinterließ. Ihm muß klargeworden sein, daß sein ganzer Plan mit ziemlicher Sicherheit ans Licht kommen würde. Das Spiel war aus. Also ergriff er die Flucht. Ich muß sagen, das tat er sehr geschickt. Es gab eine ziemlich ausgedehnte polizeiliche Suchaktion, aber er blieb verschwunden.«
Ein kurzes Schweigen trat ein, während ich versuchte, die Situation gedanklich zu verarbeiten.
»Wieso nahm man an, daß er Eleanor die Überdosis verabreicht hat?« fragte ich endlich.
Vielleicht klang noch immer ein zweifelnder Unterton aus meinen Worten, denn Nigel warf mir einen sonderbaren Seitenblick zu.
»Sie würden wohl gern glauben, daß alles ein schrecklicher Irrtum war, wie? Daß der Lieblingsneffe von Tante Agnes unschuldig ist?«
Ich schüttelte den Kopf. »Nein. Oder doch, ja, vielleicht. Ich würde gern glauben, daß kein Mensch so schlecht sein kann.«
Nigel lachte kurz auf. »Oh, viele Menschen sind absolut zu so etwas fähig. Lesen Sie mal die Zeitungen – oder, wenn Sie denen nicht glauben, lesen Sie in den Geschichtsbüchern nach. Da werden Sie reichlich Beweise für menschliche Schlechtigkeit finden.«
Aus dem Haus schallte Kinderlachen herüber. In diesem Augenblick wirkte es ebenso unpassend wie tröstlich.
»Verzeihen Sie«, sagte ich und fügte bedrückt hinzu: »Wenn das für mich schon so schwer zu verstehen ist, wo ich den Mann überhaupt nicht gekannt habe, wie muß das für Eleanor gewesen sein?«

Er nickte. »Man nimmt an, daß Julian die Schlaftabletten in ein scharf gewürztes Hühnergericht gemischt hat, das Eleanor auf seinen Wunsch an dem Abend zubereitet hat. Er selbst hat das Essen serviert. Schon gegen Ende des Abendessens klagte Eleanor über ungewöhnliche Müdigkeit, und Julian schlug vor, sie sollte zu Bett gehen, und er und Mrs. Marsh würden das Geschirr abwaschen. Ganz der besorgte Ehemann bis zum bitteren Ende.«

Nigel scharrte mit dem Absatz in der Erde.

»Er hatte alles sorgfältig so arrangiert, daß kein Verdacht auf ihn fallen konnte; denn vom Abendessen an bis zu dem Moment, als er auf dem Weg zu seinen Freunden die Auffahrt hinunterging, war er keine Sekunde außer Sichtweite von Mr. oder Mrs. Marsh. Anschließend muß er kehrtgemacht haben und ungesehen wieder ins Haus geschlüpft sein. Die Marshs saßen beim Fernsehen, Eleanor schlief inzwischen vermutlich bereits wie ein Stein, so konnte er ungehindert ins Schlafzimmer gehen, Feuer legen, die Tür abschließen, den Schlüssel abziehen und das Haus wieder unbemerkt verlassen.«

»Woher wußte man so sicher, daß die Schlafzimmertür tatsächlich abgesperrt war?«

»Es steckte innen an der Tür immer ein Schlüssel. Nach dem Brand war dieser Schlüssel verschwunden, und weder die Polizei noch Eleanor selber haben ihn irgendwo im Zimmer gefunden.

Hinzu kommt noch, daß Mrs. Marsh die Tür erst aufbekam, als sie den Reserveschlüssel holte, dann aber ohne Schwierigkeiten. Und dann ist da natürlich noch der überzeugendste Beweis für Julians Schuld.«

»Seine Flucht.«

»Ja.« Nigel streckte die Beine aus und betrachtete krampfhaft seine Stiefel. »Zuerst weigerte sich Eleanor ganz einfach zu glauben, daß ihr geliebter Julian sie hatte umbringen wollen. Es sei ein Unglücksfall gewesen, schwor sie. Sie habe bestimmt vergessen, daß sie ihre Schlaftabletten schon genommen hatte, und deshalb eine zweite Dosis geschluckt und dann, schon im Halbschlaf, unbemerkt den Aschenbecher in den Papierkorb gestoßen. Und was Julians Verschwinden betraf, sicher sei ihm etwas zugestoßen, ein Unfall vielleicht. Sie bestand darauf, daß Suchtrupps die Koppeln zu beiden Seiten der Straße durchkämmten. Als er nicht gefunden wurde, sagte sie, er habe wohl das Gedächtnis verloren, sonst wäre er bestimmt zurückgekommen. Aber am Ende – als man ihr Beweise vorlegte über das von seinem Konto verschwundene Geld, die veruntreuten Firmengelder –, da mußte sie die Wahrheit akzeptieren; sie ging in ihr Zimmer, machte die Tür zu und hat es eigentlich nie wieder verlassen.

Die Firma stand so dicht am Ruin, daß die Niederlassung, die Gordon in Brisbane leitete, geschlossen werden mußte. Da die Firmengebäude nur gemietet gewesen waren, gab es auch keinen Immobilienbesitz, durch dessen Verkauf wir uns hätten konsolidieren können. Gordon und Christine kamen hierher zurück und mieteten Eleanors Haus, und wir machten uns zusammen daran, das Unternehmen wieder auf die Beine zu stellen. Als Martin Weldon ankam – er hatte, glaube ich, vorher zwei Jahre als Buchhalter bei einer anderen Firma hier in der Stadt gearbeitet – und sich um einen Posten bei uns bewarb, weil er wußte, daß Julian unsere Buchhaltung gemacht hatte, da schien es uns, als würde sich die Ausgabe eines Extragehalts lohnen. Er steckte voller Enthusiasmus, neuer Ideen. Ich muß sagen, das ist bis heute so geblieben.«

»Er hat mir heute nachmittag die Bücher gezeigt«, sagte ich zögernd. »Ich bin keine gelernte Buchhalterin, aber mir scheint, es ist der Firma gelungen, sich aus ihren Schulden herauszuarbeiten. Gordon hat angesichts seiner Position ja für ein sehr bescheidenes Gehalt gearbeitet. Und Sie ohnehin fast umsonst.«

Er zog die Augenbrauen hoch. »Auch ich hätte ja der Betrüger sein können. Irgendwie hatte ich wohl das Gefühl, es sollte in Zukunft niemand behaupten können, ich hätte Selbridge ruiniert. Ich wollte das Geld zurückzahlen.«

»Obwohl es nicht Ihre Schuld war?«
Er musterte mich mit einem halb herablassenden, halb amüsierten Lächeln. »Woher wollen Sie das eigentlich so genau wissen?«
Ich spürte, wie ich vor Verlegenheit leicht errötete. »Aber offensichtlich war doch Julian . . .«
»Offensichtlich war Julian ein Schwein – nein, das wäre eine Beleidigung für diese Tiere. Aber das beweist noch nicht, daß er Firmengelder unterschlagen hat. Ich – ach, ich weiß selbst nicht. Es war wohl so eine Art fixe Idee. Eine Art Empörung darüber, daß überhaupt der Schatten eines Verdachts auf mich gefallen war.« Er grinste plötzlich entwaffnend. »Es war jedenfalls etwas, das ich tun mußte.«
»Das Geld zurückzahlen, das Sie nicht genommen hatten? Und Eleanor? Sie hat doch massenhaft Geld, wie Sie sagen. Sie hatte der Firma doch zumindest etwas leihen können, um ihr über die Schwierigkeiten hinwegzuhelfen. Immerhin ist es doch ihr Mann gewesen, der das Geld unterschlagen hat.«
»Nein!« sagte er scharf, mit einer Heftigkeit, die mich fast erschreckte. »Eleanor hat genug durchgemacht.«
Er stand auf.
»Kommen Sie, es wird allmählich kühl hier draußen, und außerdem kommt Gordon eben nach Hause.«

Der Abend verlief in angenehmer, freundschaftlicher Atmosphäre. Gordon war ein guter Unterhalter, ein energischer, lebhafter Mann, dessen Persönlichkeit in starkem Kontrast zu der seines Bruders stand – wahrscheinlich der Grund, dachte ich, warum die Zusammenarbeit zwischen den beiden so reibungslos klappte. Christine war eine ruhige, ausgeglichene Frau, deren Lebensinhalt augenscheinlich darin bestand, Gordon eine gute Ehefrau und eine gute Mutter ihren Kindern zu sein.
Gleichzeitig, davon war ich überzeugt, verfolgte sie mit wachem Verstand alles, was in der Firma vor sich ging.
Gordon hatte sie offensichtlich sehr gern, und mir schien, als

sei er viel abhängiger von ihr, als ihm selbst bewußt war.
Die Kinder waren lebhaft und vergnügt, ohne aufdringlich zu sein – nette Kinder, wie Nigel gesagt hatte. Es wurde während des Abends kein Wort über geschäftliche Dinge gesprochen, und Eleanor erschien nicht zum Essen.
Ehe ich zu Bett ging, machte ich das Licht aus und zog die Vorhänge zurück. Ich blickte in den Garten hinaus, wo die Bäume und Sträucher im matten Licht der Sterne sich in dunklen Umrissen vom Rasen abhoben. Nur ein Stück weiter, die Vorderfront des Hauses entlang, fiel gedämpftes Licht durch ein Fenster, und ich vernahm Klaviermusik. Das Zimmer von Eleanor, dachte ich. Zunächst nahm ich an, die Musik käme von einem Plattenspieler oder aus dem Radio, aber bald wurde mir klar, daß dort jemand wirklich Klavier spielte, und ich lauschte mit erhöhter Aufmerksamkeit. Obwohl nur leise vernehmbar, verriet das Spiel nämlich eine mehr als gewöhnliche Fertigkeit. Ich hoffte, die arme Eleanor möchte wenigstens in ihrem Spiel ein bißchen Frieden finden.
Unwillkürlich ließ ich meine Hand über den Fensterrahmen gleiten. Falls es in meinem Schlafzimmer je Gitterstäbe vor dem Fenster gegeben hatte, so waren diese inzwischen entfernt worden. Irgendwie fand ich das beruhigend.

4

Ich erwachte zeitig und ging, sobald ich mich angezogen hatte, in den Garten hinaus. Von irgendwoher hörte ich Kinderstimmen.
Als ich darauf zuging, entdeckte ich einen Tennisplatz, wo sich Wendy und Ken mit Ausdauer und einem für ihr Alter erstaunlichen Grad an Können gerade ein Match lieferten. Naturgemäß war die ältere und größere Wendy im Vorteil, was aber ihren Bruder nicht zu stören schien, denn er wehrte

sich mannhaft seiner Haut.
»Hallo!« schnaufte er, als er mich erblickte. »Wie wär's mit einem Spiel?«
»Oh, ihr seid mir beide viel zu gut. Ich gehe nur ein bißchen spazieren. Gehört der euch?« Ich deutete mit dem Kopf auf einen Grauschimmel, der am Gartenzaun stand und den beiden Spielern zuschaute.
»Ja, das ist Dobby«, rief Wendy, »Er wartet darauf, daß wir ihm Heu geben, ehe wir zur Schule gehen. Los, komm, Kenny, geben wir's ihm schon.«
Ich ging mit den beiden, als sie ihre Tennisschläger in der Waschküche verstauten und aus einem sauberen, neu aussehenden Gartenschuppen ein Bündel Heu holten.
»Wieviel Land gehört euch?« fragte ich.
»Ungefähr ein Hektar«, erwiderte Wendy. »Eigentlich gehört es ja nicht uns, sondern Tante Eleanor. Aber die läßt uns damit machen, was wir wollen. Darum haben wir Dobby – das ist eine Abkürzung für Dobbin«, fügte sie erklärend hinzu.
»Er ist sehr hübsch«, lobte ich, während ich Dobbys Nüstern streichelte und versuchte, so auszusehen, als verstünde ich etwas von Pferden.
»Stimmt.« Ken verfütterte das Heu büschelweise. »Es ist ein Araber, aber er ist natürlich ziemlich alt. Deshalb war er billig. Onkel Nigel hat ihn für uns gekauft.«
»Tatsächlich?«
»Mum und Dad hatten nicht genug Geld«, erklärte Wendy mit kindlichem Freimut. »Natürlich ist Dobby nicht annähernd so gut wie die Pferde von Mr. Weldon.«
»Ist er wohl!« protestierte Ken. »Er ist eben bloß alt.«
»Mr. Weldon züchtet Warmblutpferde«, fuhr Wendy fort.
»Wirklich?« Das Interesse in meiner Stimme war echt.
»Er hat ein Haus und so eine Art Farm drüben in den Bergen.« Wendy wies mit dem Kopf nach Westen. »Ich wünschte, wir hätten eine Farm und ganz viele Tiere.«
»Das hier war auch mal eine Farm«, warf Ken ein. »Vor langer Zeit, als man das Haus gebaut hat. Die Leute haben Obst ge-

züchtet und Schnaps daraus gemacht.«
»Doch nicht Schnaps, du Dummer«, verbesserte ihn Wendy energisch. »Wein. Und das nennt man einen Weinberg. Aber der hat nicht getaugt, weil die Trauben nicht ordentlich gewachsen sind. Tante Eleanor hat uns mal erzählt, daß die Leute damals den Wein in einem alten Schuppen gemacht haben, der früher dort neben dem Haus stand. Aber dann haben sie den Weinberg umgepflügt, und Tante Eleanor hat das meiste Land verkauft, und der alte Schuppen ist mal bei einem Sturm zusammengekracht. Komm, Ken, wir müssen uns für die Schule fertigmachen, es ist höchste Zeit!«
Ich blieb noch eine Weile. Nachdenklich sah ich Dobby beim Fressen zu und fragte mich dabei, was das wohl für ein Mann sein mochte, der lieber in halber Armut lebte, als auch nur den Schatten eines Verdachts, er habe Gelder der familieneigenen Firma veruntreut, auf sich ruhen zu lassen, der es jedoch andererseits fertiggebracht hatte, zwei tierliebenden Kindern ein Pferd zu kaufen.
Ich drehte mich um und blickte zu den steil ansteigenden Berghängen hinauf, die größtenteils mit dunklem Gestrüpp bewachsen waren. Nur hier und dort dehnten sich dazwischen weite grüne Weideflächen, gesprenkelt mit grasendem Vieh. Und ich dachte an den so sportlich wirkenden Martin Weldon, dem, wie die Kinder gesagt hatten, eine Pferdezucht und ein Haus gehörten.
Martin besaß die dynamische Ausstrahlung eines Menschen, der es zu etwas bringen würde in der Welt. Wenn er an die Zukunft der Firma Selbridge glaubte, und zwar so, daß er sich, wie ich stark vermutete, eines Tages als Partner darin einzukaufen hoffte, dann konnte auch ich daran glauben, daß Selbridge die Krise meistern würde. Freilich, sagte ich zu mir selbst, war das töricht von mir: Ich kannte den Mann nicht genug, um seinem Geschäftssinn derart blindlings zu vertrauen.
Ich mußte meine Entscheidung selber treffen.
Die Last dieser Verantwortung schien sich plötzlich so

schwer auf mich zu legen wie ein regennasser Mantel. Heute mußte ich durch die Fabrik gehen, den Betrieb beobachten, mit den Leuten reden, die dort arbeiteten, mir die Produkte ansehen, die sie herstellten, und dann versuchen, die richtige Antwort zu finden. Und letzten Endes würde es natürlich nur für mich die richtige Antwort sein.
Ich seufzte und ging ins Haus.

Niemand bot mir an, mich durch die Fabrik zu führen. Nigel erklärte, man habe den Angestellten gesagt, wer ich sei und was mich hierhergeführt habe, und sie würden mir auf alle Fragen antworten, die ich ihnen zu stellen wünschte, aber die Familie wollte, daß ich mir das Unternehmen völlig unbeeinflußt betrachtete.
Gordon machte sich an seinen Papierkram. Nigel ging zum Zeichenbrett, zog einen Notizblock mit einigen eilig hingeworfenen Skizzen aus der Tasche und begann, diese zu studieren.
Ich selbst begab mich in die Fabrikhalle.
Die Fabrik bestand aus einzelnen Abteilungen, und ich ging langsam von einer zur anderen. Eine ältere Frau an einer Art überdimensionaler Nähmaschine war eben dabei, aus einem brokatähnlichen Material Sesselbezüge mit feinsten Steppnähten und Säumen herzustellen. An einer Wand türmten sich ballenweise Möbelbezugsstoffe aller Art, und auf einem großen Zuschneidetisch lag ein Stapel des gleichen Brokats, an dem die Frau gerade arbeitete.
Ich schaute ihr eine Weile beim Nähen zu, dann hielt sie ihre Maschine an, lächelte zu mir herauf und erklärte mir ihre Tätigkeit, welche daraus bestand, die zuvor von Nigel ausgewählten Stoffe nach seinen Entwürfen zuzuschneiden und zu verarbeiten. Sie sagte, sie arbeite hier schon seit ihrer Scheidung vor zehn Jahren. Sie zeigte mir die verschiedenen Materialien, Brokate, Samte, schwere Leinen, Wollstoffe und Tapisserien, kühne Muster, sanfte Pastellfarben, seidenglänzende Regency-Streifen und sommerlich bunte Blumen-

dekors, und erklärte mir, welche am einfachsten und welche am schwierigsten zu verarbeiten waren.
Schließlich ging ich weiter zu einem kräftigen Mann, der gerade mit flinken, geschickten Griffen den Lederbezug eines Sessels befestigte. Er warf mir einen Blick zu, nickte kurz und fuhr unbeirrt in seiner Arbeit fort. Ich fragte ihn, wie lang er diese Arbeit schon machte, denn er schien mir nicht mehr der jüngste.
Er legte seinen kleinen, abgerundeten Hammer weg, mit dem er Tapeziernägel an der Unterseite des Sesselrahmens festgeklopft hatte.
»Seit meinem sechzehnten Lebensjahr«, erwiderte er. »Meine Lehre habe ich noch unter dem alten Mr. George Selbridge gemacht, dem Großvater von Gordon und Nigel. Wie Sie sicher wissen, hat er die Firma gegründet – er und seine Schwester Agnes. Ich arbeite seit vierzig Jahren hier – lange ehe Gordon geboren wurde.«
»Wird Ihnen die Arbeit nicht manchmal langweilig?«
»Langweilig?« Er schaute mich erschrocken an, als wäre ihm dieser Gedanke noch nie gekommen. Dann schüttelte er den Kopf und strich beinahe liebevoll über den ledernen Bezug. »Nein. Manchmal hab ich mir schon überlegt, was ich mal anfangen werde, wenn ich in Rente gehe. Meine Frau sagt, wahrscheinlich werde ich als Hobby Möbel anfertigen.« Er grinste fröhlich.
»Sind Sie auch Schreiner?«
»Nein, nur Polsterer. Oh, die Rahmen für die Polstermöbel, die mache ich natürlich schon.«
Er ging zu einer Werkbank hinüber, und ich folgte ihm.
»Sehen Sie das?« Er zeigte mir ein Stück Holz, in dessen Ende saubere Rillen eingefräst waren. »Heutzutage hört man viel von Möbeln, die einfach zusammengeleimt und mit ein paar Heftklammern zusammengehalten werden. Hier passiert so was nicht. Alles wird ineinandergepaßt und verzapft und verdübelt und nicht nur verleimt, sondern obendrein noch verschraubt. Wer Selbridge-Möbel

kauft, muß ordentlich in die Tasche greifen. Aber dafür kriegt er Qualität.«
Aus seiner Stimme wie aus dem Blick der hellblauen Augen hinter den dicken Brillengläsern sprach Stolz.
»Es war allerdings nicht immer so«, fuhr er fort und setzte dann eilig hinzu: »Nicht, daß das Zeug schlampig gemacht wurde. Aber es war billiger. Möbel von der Art, wie ich sie zu Hause haben könnte, beispielsweise. Als Henry – der Sohn von George und Vater von Gordon und Nigel – starb, da erkannte Gordon schlauerweise, daß Selbridge keinerlei Chance hatte, mit Massenfabrikaten zu konkurrieren. Ich glaube übrigens, darüber hatte es schon vorher mit Henry ein paar Auseinandersetzungen gegeben. Jedenfalls, es wurde alles geändert. Keine Kunststoffbeschichtungen mehr, nur noch echtes Holz. Die besten Bezugsstoffe. Leder, echtes Leder, und zwar Topqualität. Manche von unseren nach antiken Modellen angefertigten Polsterstühle haben sogar echte Roßhaarpolster. Und die Sachen sehen nicht nur gut aus. Nigel hat sich ausgiebig mit Orthopäden und Chiropraktikern beraten. Als erstes sorgte er dafür, daß unsere Möbel gut im Gebrauch sind, haltungsgerecht und bequem. Erst dann kommt das Aussehen dran. Und in unserer Schreinerei sitzen zwei der besten Handwerker, die Sie finden können. Möbel für Leute mit genug Geld, um sich beste Qualität leisten zu können, und genug Geschmack, um diese zu schätzen.« Er machte eine Pause. »Klingt wie Snobismus. Ist es aber nicht. Bloß – bloß eben ein angenehmes Gefühl, daß das, was man macht, Spitzenqualität ist, auch wenn man selber sich so was nicht leisten kann.«
Er zuckte die Achseln und machte sich unvermittelt wieder an die Arbeit.
»Tut mir leid, wenn ich Sie gelangweilt habe«, brummte er fast grob.
»Nein«, sagte ich ruhig, »Sie haben mich absolut nicht gelangweilt.«
Martin Weldon kam herein und fragte, ob ich nicht etwas zu

Mittag essen wollte. Ich sah auf die Uhr und erschrak, als ich feststellte, wieviel Zeit vergangen war.
»Ich kenne ein nettes Lokal, wo man ein gutes, leichtes Mittagessen kriegen kann, und ruhig ist es auch.« Er lächelte, als ich kurz überlegte. »Und ich werde die ganze Zeit kein Sterbenswörtchen über Möbel reden, Ehrenwort!«
Er hielt sein Versprechen. Statt dessen redete er über seine Pferde und seinen kleinen Landbesitz außerhalb der Stadt.
»Ich bin gern an der frischen Luft, wenn ich nicht im Büro sitze. Deshalb habe ich mir ein Haus gekauft und ein Stückchen Land drumherum und habe angefangen, Pferde zu züchten, als der Markt dafür gut war und man für ungefähr alles, was eine Mähne hatte und vier Beine, anständige Preise erzielen konnte. Leider ist der Pferdeboom vorbei. Aber vielleicht kommen Sie einmal zum Reiten.«
Ich lachte. »Von Pferden weiß ich nur so viel, daß sie Sättel und Zügel tragen und an jeder Ecke ein Bein haben.«
»Das ist immerhin ein Anfang. Ich glaube, sie würden Ihnen sehr gefallen. Und meine Pferde sind außerdem lammfromm.«
Irgendwie entlockte er mir noch vor dem Ende des Mittagessens das Versprechen, tatsächlich zum Reiten zu kommen. Nachher wunderte ich mich selbst über meine Kühnheit. Da ich in meinem Leben noch nie auf einem Pferd gesessen hatte, wäre etwas wie der alte graue Dobby der Kinder eigentlich geeigneter für mich gewesen als Exemplare mit Temperament, das zu einem Martin Weldon paßte.
Nach dem Mittagessen ging ich in die Schreinerei der Fabrik. Sobald ich eintrat, fielen mir zwei Dinge auf. Das erste war der Geruch nach frischem Holz. Ich weiß nicht warum, aber irgend etwas an diesem Geruch verursachte bei mir ein Kribbeln der Erregung. Das ist seither so geblieben, wann immer mir der Duft von frisch gesägtem Holz in die Nase steigt.
Das zweite, das mir auffiel, war ein junger Mann in einem Rollstuhl, schätzungsweise Mitte bis Ende Zwanzig, drahtig, schlank und schwarzhaarig. Er war konzentriert damit be-

schäftigt, ein Stück helles Holz durch eine Maschine zu lassen, die unter seinen geschickten Handgriffen dekorative Rillen hineinfräste. Dann schwenkte er seinen Stuhl mit der Gewandtheit langer Übung herum und rollte rasch zu einer Werkbank, wo er das bearbeitete Holzstück abmaß und, nachdem er eine elektrische Säge eingeschaltet hatte, die Enden in genau abgezirkeltem Winkel zuschnitt. Erst jetzt wurde mir klar, daß ich der Herstellung einer Sprossentür zuschaute.

Der junge Mann blickte zu mir auf. Seine dunklen Augen glitzerten böse.

»Na, zufrieden, daß ich meinen Unterhalt verdiene? Daß ich nicht Selbridges Gnadenbrot esse?« Er spuckte mir die Frage förmlich entgegen.

Erschrocken über seinen schneidend aggressiven Ton, zuckte ich zusammen.

»Es hat mich bloß interessiert, Ihnen bei der Arbeit zuzuschauen«, verteidigte ich mich. »Ich verstehe nicht das geringste von Möbelfabrikation. Ich bin nur hier, um mich mal umzuschauen, um . . .«

»Na klar, wir wissen ja alle Bescheid. Wie leitet man eine Möbelfabrik in drei leichten Lektionen.«

Er hatte seinen Rollstuhl zu mir herumgeschwenkt und starrte mich mit einer Art feindseliger Verachtung an, die so unverschämt und unfair war, daß ich spürte, wie die Wut in mir hochstieg.

»Jetzt hören Sie mir mal einen Augenblick zu!« fauchte ich ihn an. »Mir ist der Anteil an dieser Firma in den Schoß gefallen. Ich habe nicht darum gebeten, ich habe ihn nicht gewollt. Aber jetzt habe ich ihn und muß mir überlegen, was ich damit tun soll, was aus dieser Firma werden soll. Ob ich das Richtige oder das Falsche tue, betrifft eine ganze Menge Leute. Halten Sie mir wenigstens zugute, daß ich mich bemühe, mir zumindest eine Vorstellung davon zu machen, wie so eine Firma läuft.«

Er schaute mich einen Moment an, dann zog er eine Augen-

braue hoch.
»Aha. Eine Frau mit Temperament, wie es scheint. Also dann, schauen Sie uns nur zu. Was werden Sie daraus entnehmen?«
»Ich weiß nicht«, gab ich zu.
Er drehte sich wieder zu der Werkbank um und begann, den Türrahmen zusammenzufügen.
»Wie lange arbeiten Sie schon hier?« fragte ich.
»Nicht ganz zwei Jahre.«
»Seit wann sitzen Sie im Rollstuhl?« fragte ich unverblümt weiter. Ich ließ es nicht zu, daß er seine Behinderung als Entschuldigung für diese Unverschämtheit benutzte. So sehr mir der junge Mann auch leid tun mochte, so durfte ich, wollte ich je auf gutem Fuß mit ihm stehen, ihm niemals auch nur einen Funken Mitleid zeigen, denn er würde mich dafür hassen.
»Seit fünf Jahren.« Er drehte sich wieder zu mir herum. »O ja! Sie haben mich eingestellt, obwohl ich ein Krüppel bin. Verdammt mildtätig von Ihnen, nicht wahr?«
»Wenn Sie immer so grob sind«, erwiderte ich ruhig, »dann war das mehr als mildtätig. Es war verdammt dämlich.«
Er lachte kurz auf. »Ich werde bezahlt, um zu arbeiten, nicht um gute Manieren zu haben. Und arbeiten tue ich, ich bin ein guter Schreiner.«
»Freut mich, das zu hören. Als Butler wären Sie jedenfalls miserabel, das steht fest. Was werden Sie tun, wenn die Fabrik verkauft wird? Die neuen Inhaber beleidigen?«
Er lachte höhnisch. »Du meine Güte, Sie glauben doch nicht im Ernst, die neuen Inhaber würden irgendeinen von uns weiterbeschäftigen, oder?«
»Wieso nicht? Wenn Sie ein guter Handwerker sind? Das Angebot gilt der Firma als laufendem Betrieb. Warum sollte man dann die Belegschaft auswechseln wollen?«
»Die Belegschaft auswechseln?« Er rollte die Augen zum Himmel. »Hören Sie, werte Dame, es ist kein Geheimnis, wer Selbridge aufkaufen will. Ein großer Konzern. Mag sein,

daß deren Sachen so gut sind wie unsere, mag auch nicht sein. Aber es handelt sich hier ja wohl kaum um eine Kapazitätsausweitung. Überlegen Sie doch mal. Ihre Fabrik ist in Sydney. Die Konzernleitung ist in Sydney. Was sollen die mit einer kleinen Firma in einer kleinen Stadt in Queensland anfangen? Es ist die gleiche alte Geschichte wie bei allen Großbetrieben. Sie wollen keine Konkurrenz. Sie kaufen kleine Firmen nur auf, um sie zuzumachen.«

Ich starrte ihn an. Das war ein Gedanke, auf den ich aus irgendeinem Grund nicht gekommen war. Und ganz bestimmt hatte ihn kein Mensch mir gegenüber erwähnt.

Ich blieb den Rest des Nachmittags in der Schreinerei und schaute den Handwerkern bei der Arbeit zu. Ich sah, wie Glas geschnitten wurde. Ich sah, wie Rosenholz poliert wurde, bis die Maserung in sattem Glanz hervortrat. Ich machte die Bekanntschaft von Schweifsägen und Bandsägen und Sandstrahlgebläsen und einer Menge anderer Maschinen und Werkzeuge, bis mir alles wirr im Kopf durcheinanderging. Aber ich war fasziniert.

Keith Barnes, der verbitterte junge Querschnittsgelähmte, richtete kein einziges Wort mehr an mich, es sei denn in Antwort auf eine direkte Frage nach einer Maschine oder einer Holzart. Ich hatte in meinem Leben nie einen unhöflicheren Menschen getroffen, dennoch fragte ich mich, ob diese wütende Schroffheit Absicht war – ein Schutz gegen Mitleid, welches er, das spürte ich, verabscheute und fürchtete – oder einem verzehrenden Zorn über seine Behinderung entsprang.

Um fünf Uhr kam eine junge Frau herein, etwa fünfundzwanzig Jahre alt, klein, zierlich, mit kastanienbraunen Haaren und fröhlich blitzenden blaugrauen Augen. Sie ging auf Keith zu, der gerade sein Werkzeug wegpackte, beugte sich über ihn und gab ihm einen Kuß.

»Hallo, Liebling. Ich habe in der Garage angerufen, aber die warten noch immer auf das Ersatzteil für deinen Wagen.«

Er faßte für einen Augenblick nach ihrer Hand und lächelte

ihr zu, während ich fast ungläubig die Veränderung in seinem Benehmen beobachtete.
»Ich geh mir nur eben schnell die Hände waschen.« Er rollte auf die Männertoilette zu und machte unterwegs nur einmal kurz halt, um einen Blick in meine Richtung zu werfen. »Ach ja, das ist Patricia Kent. Meine Frau Rhelma.«
Die junge Frau lächelte mich an.
»Tag. Sind Sie den ganzen Tag in der Fabrik gewesen? Keith erzählte, man habe ihnen gesagt, daß Sie ein paar Tage hier sein würden, um sich mit dem Betrieb vertraut zu machen. Wie haben Sie's gefunden? Interessant? Langweilig? Verwirrend?«
»Verwirrend, das ja. Aber nie langweilig.«
»War Keith sehr scheußlich zu Ihnen? Nein«, fügte sie schnell hinzu, »darauf müssen Sie nicht antworten.« Ihr Gesicht wurde weich. »Ärgern Sie sich nicht über Keith, Patricia. Seine schlechten Manieren sind nur Theater. In Wirklichkeit ist er nicht so, bestimmt. Es ist eine Art Abwehrhaltung, denke ich mir. Er möchte, daß ihn die Leute gräßlich finden, damit sie ihn nicht bemitleiden. Das ist das einzige, was er nicht akzeptieren kann – Mitleid.«
»Was ist ihm passiert – ein Unfall?«
Sie nickte. »Auf der Heimfahrt von einem Squashspiel. Ein Wagen fuhr über Rot. Der Fahrer kriegte ein halbes Jahr Gefängnis wegen Fahrens unter Alkohol- und Drogeneinfluß, wie sich das Gericht ausdrückte. Keith kriegte lebenslänglich im Rollstuhl.«
Er kam zurück, ehe mir eine halbwegs intelligente Antwort einfiel. Die beiden verließen zusammen den Raum, wobei sie neben seinem Rollstuhl herging, ohne auch nur die geringsten Anstalten zu machen, ihm zu helfen. Dabei plauderten sie unbeschwert, und ich hörte ihn sogar lachen.

In dieser Nacht lag ich lange wach. Ich mußte immerzu an diese drei Angestellten von Selbridge denken: Margery Long, die Zuschneiderin und Näherin, Otto Klein, den Polsterer, der seine Arbeit so liebte, daß er nicht an seine Pensionierung denken mochte, und den arroganten jungen Schreiner. Es gab natürlich noch viele andere Betriebsangehörige, aber das waren die drei, die mir den tiefsten Eindruck gemacht hatten.

Wenn die Fabrik zumachte, würde wohl keiner von ihnen einen anderen Arbeitsplatz finden – nicht bei der derzeitigen schlechten Arbeitsmarktlage.

Wie weit traf Keith Barnes' Voraussage zu, jener Möbelkonzern würde Selbridge nach dem Kauf einfach schließen? Wahrscheinlich hatte er völlig recht. Und doch, wenn ich dafür stimmte, die Firma zu behalten, und sie ließe sich nicht sanieren und ginge bankrott, dann würden die Angestellten gleichfalls ihren Arbeitsplatz verlieren. Und meine Partner säßen durch meine Schuld mit einer bankrotten Firma da statt mit einem anständigen Anteil an dem gebotenen Kaufpreis.

Noch fünf Tage bis zu der Familienkonferenz. Ich hatte das ungute Gefühl, daß ich bis dahin nicht besser als jetzt imstande sein würde, eine qualifizierte Entscheidung zu treffen.

5

Zwei jener fünf Tage fielen auf ein Wochenende, in dessen Verlauf ich einmal mit Rachel Selbridge zu Mittag aß. Ich fand in ihr eine reizende Dame von unaufdringlichem Charme, die, wie die übrigen Familienmitglieder, voller Zuneigung von meiner Großtante Agnes sprach, aber keinerlei Andeutungen machte, wie sie bei der offiziellen Familienkonferenz abzustimmen gedachte.

Außerdem ging ich mit Martin reiten und stellte fest, daß seine Behauptung bezüglich des Temperaments seiner Pferde ebenso gerechtfertigt war wie seine Voraussage, daß mir die Tiere gefallen würden. Mein Pferd akzeptierte mein ungeschicktes Benehmen mit Geduld und machte sich meine hoffnungslose Unerfahrenheit nicht ein einziges Mal zunutze. Martin führte mir vor, wie er Mindy, seiner Stute, beigebracht hatte, auf seinen Ruf hin augenblicklich zu ihm zu eilen, selbst wenn sie ihn nicht sehen konnte. Er spielte eine Art Versteckspiel mit ihr, was beiden einen Riesenspaß zu machen schien. Ob er ihr von hinter dem Haus, von den Ställen oder aus einem Versteck im Gebüsch her zurief, sie trabte mit aufgeregtem Wiehern so lange herum, bis sie ihn fand, und stupste ihn dann zärtlich mit dem Maul.

Er hatte ein hübsch gelegenes Haus mit einigen Hektar Land auf dem ersten Absatz der Hügelkette, die in zwei Stufen hinter Eleanors Haus emporstieg. Ringsum dehnten sich grüne Wiesenflächen mit einzelnen Häusern, die ehemals Farmen gewesen waren. Martin entpuppte sich als reizender Gastgeber, und es waren glückliche Stunden, die ich mit ihm und seinen Pferden verbrachte. Während deren ich vergessen konnte, daß Selbridge Furniture überhaupt existierte.

Ich war noch immer in guter Laune, als ich Montag morgen mit Gordon und Nigel in Gordons Wagen zur Fabrik fuhr. Otto Klein war gerade dabei, seinen Wagen zu parken, als wir ankamen.

Martin fuhr eben in den Hof, und Keith Barnes hatte sich – wozu er, wie mir die anderen sagten, tadellos ohne fremde Hilfe imstande war – bereits aus seinem inzwischen reparierten Spezialauto in seinen Rollstuhl gesetzt. Während Gordon die Vordertür aufsperrte, mit einer scherzhaften kleinen Bemerkung darüber, daß alle gleichzeitig ankämen, rief Keith plötzlich mitten in seine Worte hinein: »Das verdammte Ding brennt!«

Ich glaube, es verging fast eine Sekunde, während alle vor Schreck wie gelähmt waren. Dann erblickten wir die ersten schwarzen Rauchwolken, die unter dem Dach hervorquollen.

Gordon riß die Tür auf. Ich weiß nicht, was ich erwartet

hatte, aber das Innere des Gebäudes wirkte auf den ersten Blick genauso wie immer. Nur ein beißender Geruch ließ erkennen, daß etwas nicht stimmte. Das gleiche galt für die Haupthalle, in die wir als nächstes stürzten, während Gordon aus dem Büro hinter uns mit kaum unterdrückter Angst in der Stimme die Feuerwehr anrief.

»Es ist im Lagerraum!«

Ich glaube, das war Martins Stimme von draußen, Otto rannte zu einem Feuerlöscher, der in einer Halterung an der Wand hing, und Nigel riß ein Stück Kaliko vom Tisch – vermutlich um damit die Flammen auszuschlagen.

Ich wußte, was sich in dem Lagerraum befand: Leimtöpfe, Holztinkturen, Lacke, Lösungsmittel und etliche Gaszylinder neben anderen, weniger leicht brennbaren Dingen. Das Feuer hätte an keinem schlimmeren Ort ausbrechen können. Wenn auch nur ein Behälter von jenen Flüssigkeiten explodierte, konnte das eine Kettenreaktion auslösen, die die Fabrik binnen weniger Augenblicke in ein Inferno verwandeln würde.

Es war Keith Barnes, der den Lagerraum als erster erreichte. Nigel schrie: »Warten Sie!« – und ich begriff, er hatte Angst, das Feuer würde noch heftiger auflodern. Aber seine Warnung kam zu spät. Keith hatte die Tür bereits einen Spalt geöffnet und hustete würgend, als Rauch und Gase ihm aus dem brennenden Raum entgegenquollen. Dann schrie er: »Nigel, da ist jemand drinnen!«

»Du spinnst ja!« keuchte Otto.

Dennoch rannten er und Nigel auf den Lagerraum zu. Das Stück Tuch als Schutz gegen die Hitze vors Gesicht haltend, stürzte Nigel in den Raum und rief gleichzeitig über die Schulter zurück: »Um Himmels willen, Keith, verlassen Sie sofort das Gebäude! Raus! Alle sofort raus aus dem Haus!«

Flammen züngelten neben Nigel auf, als er im Lager verschwand. Einen Arm halb erhoben, um sein Gesicht vor der Hitze zu schützen, streckte Otto Klein den Kopf durch die Tür und richtete den Strahl seines Feuerlöschers gegen die

Flammen. Als er mich an seiner Seite bemerkte, drückte er mir kurzerhand den Apparat in die Hand und stürzte hinter Nigel her.
Ich kauerte mich auf der Schwelle zusammen, zu geschockt, um Angst zu empfinden, und wendete die gleiche Methode an, die Otto mir vorexerziert hatte.
Es waren wahrscheinlich nicht mehr als zwanzig Sekunden vergangen, seit Nigel in dem verqualmten Raum verschwunden war, als er und Otto wiederauftauchten, die leblose Gestalt eines Mannes mit sich schleppend.
»Mach die Tür wieder zu!« befahl Nigel.
Es war eine Schiebetür. Als ich sie zuziehen wollte, trat Martin dazwischen, nahm den Feuerlöscher und richtete den Strahl der chemischen Löschflüssigkeit auf die Flammen.
»An der Wand in der Polsterei hängt noch ein Gerät«, rief er mir zu.
Ich rannte stolpernd davon und kam gerade rechtzeitig mit dem Löschgerät zurück, als das von Martin leer war. Er riß mir das frische aus der Hand und richtete es auf die Flammen, die sich immer weiter ausbreiteten. Die Hitze wurde langsam unerträglich. Plötzlich merkte ich, daß Gordon neben mir stand, einen Wasserschlauch in den Händen. Der Strahl schien zu verdampfen, als er die Flammen traf. Doch ich hatte das Gefühl, daß sich das Feuer nicht mehr ganz so rasch weiterfraß.
Dann riß mich jemand zurück. Nigel war wieder da und brüllte: »Geht raus! Laßt das und seht zu, daß ihr rauskommt! Geht raus, ehe diese Behälter dort drinnen zu explodieren anfangen!«
Er zerrte an der Tür, die sich langsam schloß. Wäre der zweite Feuerlöscher nicht ebenfalls gerade leer gewesen, so bezweifle ich, ob Martin aufgegeben hätte. Während wir zum Ausgang rannten, hörte ich das Heulen einer Sirene, und einen Augenblick später wimmelte die Halle von Feuerwehrleuten. Ein Mann mit einem Lautsprecher befahl den Angestellten, ihre Autos vom Fabrikgelände zu entfernen.

Ich verbrachte einige Sekunden damit, nach meinem zu suchen, bis ich mich erinnerte, daß ich es an diesem Morgen ja gar nicht mitgenommen hatte. Erst dann merkte ich, daß ich weinte. Es schüttelte mich förmlich vor Schluchzen, und die Tränen liefen mir übers Gesicht. Wahrscheinlich war es auch der Schock, denn für mich ist der Anblick eines brennenden Hauses immer etwas Erschreckendes, etwas zutiefst Aufwühlendes. Aber gleichzeitig waren es Tränen der Wut.
Von dem Augenblick an, als Keith geschrien hatte, es befinde sich jemand im Lagerraum, war alles, was mit dem Brand zusammenhing, zu einer Art Herausforderung geworden. Daß ich dageblieben war, um das Feuer zu bekämpfen – in vollem Bewußtsein der Unzulänglichkeit unserer Mittel –, war aus diesem sonderbaren Gefühl heraus geschehen. In jedem anderen Fall wäre ich, glaube ich, einfach weggelaufen. Aber der Anblick jener regungslosen Gestalt, die Nigel und Otto aus dem Raum schleppten, hatte das Feuer zu einem persönlichen Feind gemacht, zu einem Ding, das man hassen und bekämpfen mußte, weil es versucht hatte, einen Menschen zu töten.
Allmählich wurde in der frischen Luft mein Kopf wieder klar, und ich blickte mich um. In einiger Entfernung vom Fabrikgebäude hatte sich eine Gruppe um die leblose Gestalt im Gras geschart. Ein Feuerwehrmann hielt eine Sauerstoffmaske über das Gesicht des Mannes, und Nigel kniete auf der anderen Seite von ihm. Ich konnte nicht erkennen, wer der Mann war, doch ich hielt mich absichtlich fern, um nicht im Weg zu stehen, denn ich konnte doch nicht helfen, und außerdem verkündete bereits anschwellendes Sirenengeheul, daß der Rettungswagen gleich da sein würde.
Als der Bewußtlose abtransportiert worden war, faßte ich Nigel am Arm. »Wer war das?«
Er schüttelte den Kopf. Die Haut seines Gesichts war durch die Hitze gerötet wie von einem schweren Sonnenbrand, und seine Augen waren rot gerändert und tränten.
»Ich weiß es nicht.«

Ich starrte ihn an.
»Du meinst, er war so schwer verbrannt, daß du ihn nicht erkennen konntest?« Mich schauderte.
»Nein, nein«, sagte er schnell. »Er ist nicht verbrannt – oder kaum. Nur bewußtlos durch den Rauch. Ich meinte, daß ich ihn überhaupt nicht kenne.«
»Aber – es muß doch einer von unseren Leuten gewesen sein. Einer aus der Fabrik, der hineinging und das Feuer löschen wollte?«
»Nein. Ich glaube, ich habe ihn schon einmal gesehen, aber ich kann mich nicht erinnern, wer er ist.« Er blickte an mir vorbei zum Fabrikgelände. »Ich glaube, sie haben's geschafft«, sagte er. Er lächelte mit aufgesprungenen Lippen.
Ich drehte mich um und sah, daß er recht hatte. Es gab noch Rauch, aber viel weniger als vorher, und durch die Fenster war nirgends mehr ein Aufflackern der Flammen zu sehen, als die Feuerwehrleute Wasser in den Lagerraum spritzten.
Nigel packte mich um die Taille, und wir führten lachend einen improvisierten kleinen Freudentanz auf. Plötzlich wurde ich wieder ernst und sagte: »Hoffen wir bloß, daß dieser arme Kerl wieder in Ordnung kommt.«
»Wenn nicht, würde es diesem Schwein nur recht geschehen«, stieß Martin grob hervor.
»Martin!« Ich starrte ihn an. »Warum denn?«
Er lachte auf. »Na, warum war er wohl in dem Gebäude, was glauben Sie?«
»Nun, wahrscheinlich hat er den Rauch gesehen und . . .«
»Sehr wahrscheinlich! Viel wahrscheinlicher ist, daß er reinging, um das Feuer zu legen, statt es zu löschen.«
»Brandstiftung?« fragte ich ungläubig. »Aber warum?«
»Vermutlich weil ihn jemand dafür bezahlt hat. Im Geschäftsleben geht es manchmal ziemlich schmutzig zu. Eine ausgebrannte Fabrik wird eher verkauft – und billiger – als eine, die noch in Betrieb ist.«
»Irgendwie«, bemerkte Nigel sanft, »traue ich den Leuten, die uns aufkaufen wollen, nun doch keine Brandstiftung zu.

Und unser Freund aus dem Lagerraum wäre als Brandstifter wohl der größte Pfuscher in der Geschichte. Jedenfalls wird sich das alles bestimmt klären. Vorläufig gehen wir besser an die Arbeit. Wir werden eine Riesenschweinerei wegzuräumen haben.«

Er hatte recht, obwohl der Schaden sich fast ausschließlich auf den Lagerraum beschränkte und viele Aufräumungsarbeiten warten mußten, bis die Versicherung den Schaden geschätzt und Feuerwehr und Polizei die Ursache des Brandes festgestellt hatten. Der Vormittag verging damit, Ordnung in das Chaos zu bringen, und zum Mittagessen ging man, wann man eben konnte. So kam es, daß Keith Barnes und ich uns mit unseren Sandwiches und Thermosflaschen zur gleichen Zeit in einer sonnigen Ecke des Fabrikhofs einfanden.

»Interessanter Morgen, finden Sie nicht auch?« bemerkte er, wobei er mich scharf beobachtete.

»Auf diese Art Aufregungen kann ich verzichten«, gab ich zurück.

»Mag sein. Aber dennoch interessant. Denken Sie nur an die einzelnen Reaktionen.«

Ich runzelte die Stirn. »Wie meinen Sie das?«

»Wie ich es sage. Jeder einzelne hat unterschiedlich reagiert. Gordon überaus praktisch: Da er die Fabrik retten wollte und wußte, daß es sich lohnt, professionelle Hilfe herbeizuholen, rief er sofort die Feuerwehr. Für Nigel dagegen hätte sie ebensogut abbrennen können. Das ist doch schon mal sehr interessant.«

»Nigels erste Sorge war es, daß jeder schnellstmöglich das Gebäude verließ«, betonte ich. »Und das ist doch wohl das allerwichtigste. Ich glaube nicht, daß irgendwer auf die Idee kommen könnte, er hätte die Fabrik abbrennen lassen wollen. Er schrie Ihnen ja noch zu, nicht die Lagerraumtür zu öffnen, weil Feuer sich durch Luftzufuhr erst richtig ausbreitet.«

»Nur gut, daß ich sie doch aufgemacht habe«, erwiderte Keith trocken.

Ein Schauer überlief mich.
»Ja.« Ich drehte den Kopf und sah ihn scharf an. »Warum haben Sie sie aufgemacht? Sie müssen doch gewußt haben, was die Flammen tun würden, sobald frische Luft hineinströmte.«
Für einen Augenblick war von seiner sonstigen Arroganz nichts zu spüren.
»Ich glaube, daran hab ich im ersten Moment gar nicht gedacht. Ich wollte einfach in diesen Raum hineinschauen. Ich wollte sehen, wo und vielleicht auch wie das Feuer ausgebrochen war. Das wollte ich unbedingt wissen.«
»Und?«
Er zuckte die Achseln. »Alles, was ich sah, war, daß da einer auf dem Boden lag. Außerdem war alles voller Qualm. Das meine ich ja zum Teil mit den verschiedenen Reaktionen. Gordon ruft sofort die Feuerwehr. Nigel schreit allen zu, sie sollten hinauslaufen und es brennen lassen. Ich will wissen, warum das Feuer überhaupt ausgebrochen ist. Martin, Sie und Otto fuchteln mit Feuerlöschern herum, als hinge euer Leben davon ab, den Brand zu stoppen. Denken Sie mal darüber nach.«
Damit rollte er davon, ins Haus zurück, während ich ratlos hinter ihm herstarrte. Das waren nicht nur philosophische Überlegungen gewesen, davon war ich überzeugt. Er hatte versucht, mir irgendeine Reaktion zu entlocken.
Ich sinnierte noch darüber nach, als Nigel auftauchte.
»Ach, da bist du. Ich dachte, es würde dich freuen zu hören, daß dem Mann aus dem Lagerraum nichts weiter passiert ist.« Er grinste spöttisch. »Anscheinend ist sein Zustand nur teilweise durch das Einatmen von zu viel Rauch verursacht worden; er war nämlich sturzbetrunken. So ist wohl auch das Feuer entstanden: der altbekannte glimmende Zigarettenstummel.«
»Aber was um alles in der Welt hat er dort drinnen gewollt? Und wie ist er hineingekommen?«
»Er hat hinten ein Fenster eingeschlagen. Und der

Grund . . .« Nigel machte eine kleine Pause. »Eigentlich ist es irgendwie tragisch. Verrückt, aber wenn man betrunken ist, macht man nun mal verrückte Sachen. Der Mann hat früher jahrelang die Stoffabteilung eines Warenhauses hier im Ort geleitet – ich hätte ihn erkennen müssen. Es schien eine Lebensstellung. Dann machte das Warenhaus zu, und er konnte einfach keine andere Arbeit mehr kriegen. Er hat eine Frau und drei halbwüchsige Kinder. Von einem guten Job und einem bequemen Leben ist er abgerutscht, bis er letzten Freitag endlich aufgeben und einen Antrag auf Sozialhilfe stellen mußte. Er hat nie viel getrunken, aber da war seine erste Reaktion, daß er hinging und sich vollaufen ließ. Irgendwann letzte Nacht – anscheinend war er gerade noch so weit bei Sinnen, daß er sich schämte, nach Hause zu gehen –, da brauchte er einen Platz zum Schlafen und brach einfach in das nächste Gebäude ein, an dem er vorbeikam. Zufällig war es dieses hier, und der Lagerraum erschien ihm in seinem Zustand als idealer Schlafplatz. Und während er noch eine Zigarette rauchte, schlief er ein.« Nigel lächelte. »Damit wäre die Brandstiftungstheorie erledigt. Es wird keine Anzeige gegen den Mann erstattet. Er wird ein paar Tage im Krankenhaus bleiben müssen, nehme ich an, aber ich dachte bloß, es würde dich freuen zu hören, daß ihm nichts passiert ist.«
Ich nickte »Ja, danke.«
Nigel ging wieder ins Haus, während ich noch ein paar Minuten auf der Bank in der Sonne sitzen blieb. Ich wußte jetzt mit absoluter Sicherheit, wie ich bei der Versammlung der Anteilseigner am nächsten Abend abstimmen würde, und ich wunderte mich, wie ich darüber je im Zweifel hatte sein können.

Die Versammlung fand im Salon von Eleanors Haus statt. Ich mußte mich stets daran erinnern, daß es in Wirklichkeit Eleanors Haus war: Es kam einem so selbstverständlich vor, es für das Haus von Gordon und Christine zu halten. Die Kinder wurden ins Spielzimmer geschickt, und zu meiner

Verwunderung erschien auch Eleanor zu der Versammlung. Sie kam herein, ohne ein Wort zu sagen, und ließ sich wie erschöpft in einen Sessel sinken. In der ganzen Woche, seit ich im Haus wohnte, hatte ich abgesehen von jenem ersten Nachmittag kein Wort mit ihr gewechselt. Oft hatte ich sie nachts auf ihrem Klavier spielen hören; Christine hatte mir erzählt, daß sie vor ihrer Heirat mit Peter De Witt Pianistin bei einem Symphonieorchester gewesen war. Zweimal hatte ich sie im Garten beim Unkrautjäten angetroffen, doch sobald ich näher kam, hatte sie, durchaus freundlich, »hallo!« gerufen und war ins Haus gegangen.
Martin Weldon war eingeladen worden, an der Versammlung teilzunehmen und einen Finanzbericht vorzulegen. Als er fertig war, legte er seine Unterlagen beiseite und schaute sich unter den Anwesenden um.
»Die Firma ist noch nicht aus ihren Schwierigkeiten heraus«, sagte er ruhig, »aber sie kann es schaffen. Davon bin ich absolut überzeugt, und ich glaube, Sie müssen mir zustimmen, daß die Zahlen meine Ansicht bestätigen.«
»Der Auftrag für die Ausstattung dieses Restaurants in Melbourne war sicher ein großer Fang«, bemerkte ich. »Wieso sind die gerade auf Selbridge verfallen?«
»Das war Martins Werk«, erklärte Gordon. »Zufällig kannte er den Mann, der der Chef des Konsortiums ist, welches die Restaurierung und Umwandlung einer alten Herrschaftsvilla in ein Restaurant plante. Nigel machte Entwürfe, und wir kriegten den Auftrag. Hauptsächlich dieser Auftrag war es übrigens, der uns den drohenden Bankrott abwenden half.«
»Wir hatten ein Riesenglück, daß Martin bei uns war«, warf Rachel mit einem Lächeln ein.
»Unsere Produkte zu verkaufen ist meine Aufgabe«, meinte Martin achselzuckend. »Aber normalerweise machen wir diese Art Arbeit nicht«, fügte er zu mir gewandt hinzu. »Worauf wir in erster Linie Wert legen, ist eine Einführung bei großen Einrichtungshäusern und Innendekorateuren. Das gelingt allmählich, und es besteht aller Grund anzuneh-

men, daß es weiter zunimmt. So etwas geht nur eben nicht über Nacht.«
»Es scheint übrigens, als würde nicht jeder Martins Überzeugung teilen«, sagte Gordon trocken. »Unsere Sekretärin, Mrs. Robinson, hat heute morgen ihre Kündigung eingereicht. Man hat ihr eine andere Stelle angeboten, und sie hat sie angenommen.«
»Die erste Ratte, die das sinkende Schiff verläßt«, äußerte Martin bitter.
»Ich frage mich«, murmelte Nigel, »warum das immer als Feigheit angesehen wird. Mir scheint es schlicht gesunder Menschenverstand.«
»Keith Barnes hat gestern, nachdem die Aufregung sich ein bißchen gelegt hatte, etwas Komisches zu mir gesagt«, bemerkte ich nachdenklich. »Er sagte, es sei hochinteressant, zu beobachten, wie unterschiedlich die Leute reagiert hätten. Ich sollte darüber nachdenken, meinte er. Er schien es irgendwie für schrecklich bedeutungsvoll zu halten. Warum, weiß ich nicht.«
Ich schaute, während ich sprach, auf den Notizblock, den ich vor mir auf dem Tisch liegen hatte. Irgend etwas, eine Bewegung vielleicht, eine unwillkürliche Geste, ein scharfes, kurzes Einatmen, ließ mich schnell aufblicken, während ein sonderbares Prickeln, fast wie ein Erschrecken, mich überlief.
Nigel erklärte, daß unterschiedliche Reaktionen in Notsituationen etwas ganz Normales seien. Anschließend entspann sich eine allgemeine Unterhaltung über den Brand, und der Moment war vorbei. Aber ich hatte das seltsame Gefühl, daß meine beiläufige Bemerkung jemand im Zimmer erschreckt und ich zu langsam reagiert hatte, um festzustellen, wer es war.
Ich zerbrach mir noch immer den Kopf darüber, als Gordon sagte: »Na, dann wollen wir uns mal dem Geschäftlichen zuwenden, ja? Wir haben alle die neuesten Zahlen sowie die Prognose unseres Finanzexperten gehört. Hat jemand noch irgendwelche Fragen?«

Niemand sprach.
»Gut. Ich glaube, damit stehen wir nun vor der Abstimmung für oder gegen eine Annahme des Kaufangebots für unsere Firma. Jeder, der es wünscht, möge seinen beziehungsweise ihren Standpunkt darlegen. Obwohl es mir ziemlich fraglich erscheint, ob dadurch noch irgendwer seine Meinung ändert. Innerhalb unserer Familie wissen wir wohl alle, wie jeder einzelne abstimmen wird. Ich habe euch alle gebeten, Patricia nicht über unseren jeweiligen Standpunkt zu informieren, sondern sie selbst zu einem Urteil kommen zu lassen. Nun, zweifellos hat sie das inzwischen getan.«
Er machte eine Pause und warf mir lächelnd einen kurzen Blick zu, doch seine Gesichtszüge verrieten eine gewisse Spannung, und ich dachte plötzlich: Gordon liegt etwas sehr am Herzen – aber was? Bargeld auf die Hand oder das Familienunternehmen?
»Jetzt jedoch«, fuhr er fort, »finde ich, haben wir alle das Recht, sie zu beeinflussen, wenn sie sich noch nicht hundertprozentig auf eine Entscheidung festgelegt hat. Mutter, vielleicht würdest du als Seniorpartnerin als erste deine Stimme abgeben?«
Rachel nickte. »Danke, Gordon.« Sie richtete den Blick nicht auf mich, sondern nacheinander auf jedes ihrer Kinder. Klein und zierlich, das graue Haar tadellos frisiert, wirkte sie elegant und fast zerbrechlich in ihrem Kleid aus weicher roter Wolle. Aber diese Frau mit der sanften Stimme hatte, das wußte ich, in schweren Zeiten an der Seite ihres Mannes und ihres Schwiegervaters mit ihren eigenen Händen in der Fabrik geschuftet, und was ihren Geschäftssinn anbelangte, so vermutete ich, daß sie auch da durchaus nicht unterschätzt werden durfte.
»Ihr seid die dritte Generation, der Selbridge Furniture gehört. Verkaufen, weil man einen anderen Beruf, einen anderen Lebensweg wählen möchte, das könnte ich akzeptieren. Aber verkaufen, nur um ein Scheitern zu vermeiden, das bedeutet, uns selbst zu verkaufen und diejenigen dazu, die vor

uns in der Firma gearbeitet haben. Ich stimme Martin zu, daß nach den Zahlen, die er uns vorgelegt hat, Selbridge überleben kann.«
Sie sah mich an.
»Mir ist klar, Patricia, daß du den aufrichtigen Wunsch hast, das zu tun, was vernünftig ist, und ich bin dir überaus dankbar, daß du die ganze Sache so ernst genommen hast. Vernünftig hat für jeden einzelnen eine unterschiedliche Bedeutung, und du, mehr noch als wir anderen alle, mußt die Entscheidung treffen, die du vom geschäftlichen Standpunkt aus für die beste hältst.« Sie lächelte mit einem freundlichen Zwinkern in den Augen. »Und keiner von uns wird es dir übelnehmen, wenn du unsere Meinung nicht teilst.« Mit einem raschen Blick zu Gordon schloß sie: »Nach allem brauche ich wohl kaum noch hinzuzufügen, daß ich gegen einen Verkauf der Firma stimme.«
Gordon nahm ihre Stimme formell zu Protokoll. Keiner sagte ein Wort. Gordon blickte auf.
»Eleanor?«
»Nehmt das Angebot an«, antwortete Eleanor schroff.
»Möchtest du uns deine Gründe nennen?« fragte ihr Bruder beinahe sanft.
»Ich sollte meinen, du kennst meine Gründe.«
Aller Augen waren auf Eleanor gerichtet, aber sie sah keinen von uns an.
»Eigentlich nicht«, erwiderte Gordon. »Ich wußte, daß du für den Verkauf warst, aber nicht, warum. Du brauchst uns natürlich keine Gründe zu nennen«, setzte er rasch hinzu.
Mit starrer Miene und schneidend kalter Stimme sagte sie: »Ich möchte alles loswerden, was mich in irgendeiner Weise an Julian West erinnert.«
Vor Schreck für einen Augenblick vergessend, daß Martin und ich Außenstehende waren, stieß Gordon hervor: »Aber was ist mit dem Haus?«
»Wenn Selbridge verkauft ist, werdet ihr, du und Christine, etwas Geld haben. Ihr könnt das Haus kaufen, wenn ihr

wollt. Auf jeden Fall werde ich euch nicht vor die Tür setzen.«
Gordon starrte sie einen Moment an, dann wandte er sich mit sichtlicher Anstrengung wieder dem vorliegenden Thema zu. Er nahm Eleanors Stimme zu Protokoll.
»Vielleicht sollte ich Patricia als nächste fragen«, sagte er. »Aber wie wir alle wissen, hat sie, falls nicht einer von uns seine Meinung geändert hat, die entscheidende Stimme. Patricia, macht es dir etwas aus, bis zuletzt zu warten?«
»Nein. Obwohl ich hoffe, daß einer von euch wirklich seine Meinung geändert hat.«
Gordon lächelte mir mitfühlend zu.
»Tut mir leid, daß wir dich in eine solche Situation bringen. Vielleicht sollte ich selbst an dieser Stelle sagen, daß ich mit Mutter übereinstimme. Ich gebe mich ungern geschlagen, und ich glaube nicht, daß wir nach diesem Angebot zu greifen brauchen wie ein Ertrinkender nach einem Strohhalm. Ich bin dafür, das Angebot abzulehnen.«
Er protokollierte seine Stimme. Es kribbelte mich in den Händen, obwohl mich gleichzeitig ein Gefühl der Erleichterung überkam. Von Anfang an hatte ich mir gedacht, daß weder Gordon noch Nigel würden verkaufen wollen, aber wenn doch, dann würde es Gordon sein, der praxisorientierte Geschäftsmann.
»Nigel?« sagte Gordon auffordernd.
Die Hände in den Hosentaschen, lehnte Nigel sich auf seinem Stuhl zurück. »Verkaufen«, sagte er.
Es folgte ein kurzes Schweigen.
»Möchtest du deine Gründe nennen?« fragte Gordon.
Nigel zuckte die Achseln. »Vielleicht möchte ich wieder meinen Beruf als Architekt ausüben.«
Die beiden Brüder sahen einander an, und ich spürte, daß jeder von ihnen im stillen die Motive des anderen in Frage stellte.
»Ach so«, sagte Gordon schließlich. »Verzeih, Patricia. Deine Stimme.«

Ein irrationaler Zorn gegen Nigel wallte in mir auf.
»Bis zu dem Brand gestern«, sagte ich, »wußte ich ehrlich nicht, was ich tun sollte. Aber seitdem weiß ich es; was mich betrifft, steht Selbridge nicht zum Verkauf.«
Ein entzücktes Grinsen breitete sich über Martins Gesicht. Ich glaube, er hätte am liebsten laut hurra geschrien.
»Darf man fragen, was das Feuer damit zu tun hat?« erkundigte sich Nigel.
»Ich hatte von Anfang an Sorge, was aus einigen der Angestellten werden sollte, falls der Betrieb verkauft würde und die neuen Eigentümer ihn einfach schließen würden. Die Älteren und Keith Barnes – wo würden die heutzutage wieder einen Job kriegen? Und dann dieser Mann im Lagerraum. Um ein Haar wäre er gestorben und hätte die Fabrik niedergebrannt, weil er sich sinnlos betrunken hatte, um zu vergessen, wie es ist, arbeitslos zu sein. Sicherlich sind wir den Menschen, die vor uns hier gearbeitet haben, etwas schuldig. Aber ich glaube, mehr noch schulden wir denen, die jetzt hier arbeiten. Es ist durchaus möglich, daß das Geschäft nicht besser werden und die Firma trotz allem den Bach runterschwimmen wird. Dann würde sich herausstellen, daß ich die falsche Entscheidung getroffen habe. Sollte das passieren, täte es mir sehr leid. Aber es besteht eine gute Chance, daß Selbridge wieder auf die Füße kommt, und ich finde, wir sollten diese Chance wahrnehmen.«
Ich machte eine kleine Pause. »Tut mir leid, ich wollte keine Rede halten. Und – hört mal, ich habe, seit ich berufstätig bin, immer in einem Büro gearbeitet. Wenn ihr mich haben wollt, übernehme ich Mrs. Robinsons Job, und bis die Firma wieder flott ist, tue ich es für ein niedriges Gehalt.«
»Natürlich würden wir uns alle sehr freuen, dich bei uns zu haben«, versicherte Gordon herzlich.
»Danke. Und jetzt werdet ihr sicher einiges im Familienkreis zu besprechen haben, deshalb entschuldigt mich bitte, ich habe noch ein paar Briefe zu schreiben.«
Ringsum ertönten gemurmelte Gutenachtwünsche, und Ni-

gel erhob sich, um mir die Tür aufzumachen. Er lächelte ein bißchen skeptisch, fast wehmütig, auf mich nieder.
»Ich bewundere deine Handlungsweise, Patricia. Aber eigentlich wünschte ich, du würdest wieder nach Melbourne zurückfahren.«
Das Rätselhafte seiner Bemerkung kam mir erst zu Bewußtsein, als ich schon draußen in der Diele stand. Rasch drehte ich mich zu ihm um, aber er war bereits wieder im Salon verschwunden und hatte die Tür hinter sich zugemacht.

6

In den folgenden Wochen zog ich in eine kleine Wohnung in der Stadt, weil ich Gordons und Christines Gastfreundschaft nicht länger beanspruchen wollte und es ohnehin vorzog, unabhängig zu sein. Außerdem nahm ich meine Arbeit im Büro von Selbridge Furniture auf.
Die meisten Wochenenden ging ich mit Martin zum Reiten. Es machte mir großen Spaß, und allmählich fühlte ich mich immer wohler im Sattel. Martins Enthusiasmus für andere Sportarten wie Hochseefischen und Wellenreiten vermochte ich freilich nicht zu teilen. Er kannte einen älteren Mann, der eine kleine Segeljacht besaß – zumindest kam sie mir klein vor, viel zu klein, um sich damit aufs offene Meer hinauszuwagen. Der Eigner benutzte das Boot kaum mehr, lieh es jedoch gerne aus. Martin amüsierte sich köstlich über meine Weigerung, ihn auf seinen Angelexpeditionen zu begleiten.
»Das Wetter ist wunderbar, und ich fahre bloß raus zum Sechs-Meilen-Riff – nicht zu einer Transpazifiküberquerung«, pflegte er zu sagen. »Was kann da schon passieren?«
»Dein Sechs-Meilen-Riff klingt mir verdächtig danach, als wäre es mindestens fünfdreiviertel Meilen zu weit von der Küste weg«, erwiderte ich. »Amüsier dich gut und überlaß mich meiner Feigheit.«

Ich schloß auch enge Freundschaft mit Rhelma Barnes, die gelegentlich mit Martin und mir zum Reiten ging. Manchmal, wenn Martin zum Fischen hinausgefahren war, ritten sie und ich alleine aus. Martin hatte uns gutmütig seine Pferde zur Verfügung gestellt, wann immer wir sie haben wollten. Rhelma war eine ausgezeichnete Reiterin, hatte aber seit langer Zeit keine Gelegenheit zum Reiten gehabt, weil sie kein eigenes Pferd besaß. Außerdem arbeitete sie halbtags und hatte daher auch nicht viel Zeit zum Ausspannen. Trotz seiner wütenden Entschlossenheit, so selbständig wie nur irgend möglich zu sein, mußte Keiths Behinderung doch eine Menge Extraarbeit für Rhelma bedeuten. Anscheinend freute es ihn, wenn sie mit mir ausging, und zuweilen grenzte sein Verhalten mir gegenüber fast an Liebenswürdigkeit.

Die Geschäfte der Firma liefen nicht gerade glänzend, aber auch nicht schlecht. Ich hatte genug zu tun und war so glücklich wie noch nie zuvor in meinem Leben. Nichts deutete darauf hin, daß etwas nicht in Ordnung sein könnte in meiner neuen kleinen Welt.

Eines Samstagmorgens rief Martin mich an, um zu fragen, ob ich ihn zum Jachthafen fahren könnte, weil er über den Tag zum Fischen wollte, und ihn am Abend wieder von dort abholen würde.

»Tut mir leid, dich damit zu belästigen, Patricia, aber ich hab das Boot bereits gemietet, und jetzt hat mein blöder Wagen ausgerechnet fürs Wochenende beschlossen, seinen Geist aufzugeben – irgend etwas mit den Hinterradbremsen, die blockieren.«

»Ach, den Taxifahrer zu spielen, dagegen hab ich nichts«, versicherte ich ihm vergnügt. »Doch als Schiffsjunge laß ich mich nicht mißbrauchen.«

Als ich am nächsten Morgen bei ihm vorfuhr, um ihn abzuholen, kam er, wie ich ihm natürlich sofort versicherte, in einer geradezu sehenswerten Aufmachung aus dem Haus – angetan mit einem alten, schlabbrigen Filzhut, zerfetzten

Shorts, Tennisschuhen, die schon vor dem Ausflug durchdringend nach Fisch rochen, und behängt mit den verschiedensten Anglergerätschaften.

»Ich kann nicht umhin, mich zu fragen, ob ein paar Fische diesen ganzen Aufwand wert sind. Du siehst aus, als wolltest du mindestens nach Tasmanien aufbrechen.«

Er grinste. »Eine gewisse Ausrüstung muß man haben. Etwas mehr kann nicht schaden. Und wenn du glaubst, daß es nur um die Fische geht, dann solltest du mal mit rauskommen und dir anschauen, was es mit diesem Sport auf sich hat. Übrigens habe ich die notwendige Ausrüstung noch gar nicht ganz beisammen. Ich habe meinen Erste-Hilfe-Kasten im Auto gelassen, und das steht, wie mir jetzt erst einfällt, gut eingesperrt in Spencers Werkstatt. Würdest du rasch bei der Fabrik vorbeifahren, damit ich mir den Kasten von dort mitnehmen kann?«

Ich schaute ihn an. »Du nimmst das Meer also doch ernst.«

»Obwohl ich dich immer auslache, weil du Angst davor hast? Nur ein Idiot nimmt das Meer nicht ernst oder mißachtet das Risiko. Das bedeutet aber nicht, daß man davor davonlaufen sollte.«

»Manchmal«, sagte ich langsam, »glaube ich, ich verstehe dich sehr gut. Und manchmal glaube ich, ich verstehe dich überhaupt nicht.«

Einen Augenblick stand er da und betrachtete mich mit einem weichen Blick. Dann bückte er sich und küßte mich leicht.

»Hab mich einfach trotzdem lieb.«

Ich setzte ihn am Jachthafen ab und versprach, ihn um fünf Uhr wieder abzuholen.

»Sei vorsichtig«, sagte ich.

Er hielt den Erste-Hilfe-Kasten, den wir aus der Fabrik geholt hatten, in die Höhe. Er war so groß wie ein kleiner Koffer und mit allem Notwendigen reichlich ausgestattet.

»Keine Sorge. Mit dem hier bin ich eigentlich sogar für größere Operationen gerüstet.«

»Ach, ein paar kleine Amputationen tun es auch«, versicherte ich ihm.
»Wenn ich zurück bin, lade ich dich zur Belohnung auf einen Drink in den Club ein«, rief er vergnügt. »Vielleicht sogar zu einem teuren Abendessen.«
»In dieser Aufmachung? Und mit dem Geruch? Die würden dich nicht mal zur Tür hereinlassen.«
»Irgendwo unter all diesem Zeug hab ich auch etwas anderes zum Anziehen. Wenn du mich wiedersiehst, wirst du mich kaum wiedererkennen.«
Mit einem verschmitzten Zwinkern schwang er sich an Bord der kleinen rot-weißen Jacht, während ich davonfuhr und darüber nachzugrübeln begann, ob Martin und ich nicht inzwischen ein bißchen mehr waren als die sprichwörtlichen guten Freunde.
Martin hielt sein Versprechen. Als ich um fünf zum Hafen kam, hatte er das Boot soeben fertig vertäut und tauchte sehr elegant in Flanellhose und Blazer vor mir auf.
»Guten Tag gehabt?« fragte ich, während wir seine Sachen im Kofferraum meines Wagens verstauten.
»Schau dir das an.« Er öffnete seine tragbare Kühlbox, um mir seinen Fang zu zeigen. »Schnapper. Roter Kaiser. Korallenforelle.«
»Und zwei ungeöffnete Dosen Bier. Du mußt sehr beschäftigt gewesen sein. Oder seekrank.«
Er lachte. »Steche nie in See, außer du bist für alle Notfälle gerüstet. Das habe ich dir schon heute morgen gesagt.«
In der Clubbar saßen gerade genug Leute, daß es gemütlich war. Zwischen Martin und einem untersetzten kleinen Mann mit blitzenden, gescheiten Augen hinter randlosen Brillengläsern entspann sich alsbald eine ungezwungene Unterhaltung. Als Martin mich und sich vorstellte, erklärte der Mann, er heiße John Clinton, lebe in Melbourne und sei in den Ferien hier.
Ich sah ihn neugierig an.
»John Clinton Interiors?« fragte ich unwillkürlich.

Er nickte und heftete dabei einen fragenden Blick auf mich.
»Verzeihung«, sagte ich schnell. »Ich wollte nicht neugierig sein. Es ist bloß – wissen Sie, Martin und ich sind in der Möbelbranche tätig, deshalb interessierte es mich, Ihren Namen zu hören.«
»Was für Möbel stellen Sie denn her?« erkundigte er sich in einem Ton, der durchblicken ließ, daß es sich wohl um ziemlich minderwertiges Zeug handeln mußte.
Eine Spur verärgert erklärte ich: »Vielleicht kennen Sie das Falkner-Mansions-Restaurant. Selbridge hat die ganze Ausstattung gemacht.«
Seine Miene veränderte sich, und ich spürte mit einem Anflug von Triumph, daß er ziemlich überrascht und keineswegs mehr so herablassend war. Einige Martinis später erklärte er, daß er überaus daran interessiert sei, sich anzusehen, was Selbridge Furniture anzubieten habe, und die Fabrik am folgenden Tag besuchen wolle.
Als Martin und ich das Lokal verließen, bemerkte ich, was für ein Glück diese Zufallsbegegnung gewesen sei.
»John Clinton Interiors ist ein großer Name auf dem Inneneinrichtungsgebiet in Melbourne. Selbst ich habe davon gehört. Wenn der morgen in der Fabrik auftaucht und ihm die Sachen entsprechend gefallen, dann könnten wir damit den Fuß in die Tür eines sehr wichtigen Markts gesetzt haben.«
Martins Augen funkelten spöttisch.
»Auch ich kenne John Clinton Interiors, und außerdem war es nicht direkt eine Zufallsbegegnung. Ich wußte, daß er hier Ferien macht und gern segelt, deshalb bestand eine gute Chance, daß er auch irgendwann mal im Club auftauchen würde. Ich hab schon seit vierzehn Tagen gelegentlich dort vorbeigeschaut. Ich hatte mit Albert an der Bar ausgemacht, daß er ihn mir zeigt, wenn er da ist.«
»Oho! Zweck der Übung war also gar nicht, mich zu einem wohlverdienten Drink einzuladen?«
Er lachte vergnügt. »Na, nun erzähl mir bloß nicht, du hättest etwas dagegen, Angenehmes mit Nützlichem zu verbinden.

Im übrigen hast du deine Propagandasprüchlein sehr ordentlich vorgetragen. Ich brauchte überhaupt nichts zu sagen.«
»Hm. Es hat mich ein bißchen gereizt, als er unsere Firma so hörbar abfällig beiseite wischen wollte, da konnte ich der Bemerkung über die Falkner-Mansions einfach nicht widerstehen. Hast du dir wirklich all diese Mühe gemacht, nur um eventuell einen geschäftlichen Kontakt anzuknüpfen? Selbridge Furniture liegt dir tatsächlich am Herzen, was?« Ich warf ihm einen raschen Seitenblick zu. Seine Augen waren auf den schwarzen Teerstreifen gerichtet, der sich im Scheinwerferkegel vor uns entrollte, und es lag etwas sonderbar Angespanntes in seinem Profil.
»Es ist meine Aufgabe«, erwiderte er leichthin. »Wenn ich etwas anfange, dann mache ich es einfach gern mit Erfolg.«
Wir kamen in die Stadt.
»Diese Einstellung gefällt mir«, sagte ich. »Tante Agnes war genauso.«
»Freut mich, daß sie mir zugestimmt hätte«, erwiderte er. »Wo fahren wir hin?« fügte er hinzu, als ich von der Hauptstraße abbog.
»Ich wollte nur rasch den Erste-Hilfe-Kasten in die Fabrik zurückbringen.«
»O Gott, gut, daß du daran gedacht hast. Gordon würde mich köpfen, wenn ich ihm seine kostbare Ausrüstung weggenommen und nicht wieder zurückgebracht hätte.«
Wir brachten den Kasten in die Fabrik. Als wir zum Wagen zurückgingen, meinte ich nachdenklich: »Ob Mr. Clinton morgen wohl tatsächlich kommen wird?«
»Der kommt«, erklärte Martin zuversichtlich. »Das waren nicht nur die Martinis. Der kommt.«

Als ich am Montag morgen zur Arbeit kam, kreisten meine Gedanken immer noch um John Clinton. Wahrscheinlich war das der Grund, warum ich die Wagentür zufallen ließ, als meine Hand noch den Türholm umfaßte, und mir zwei Finger einquetschte. Die Verletzung war nicht schlimm, tat

aber sehr weh und blutete stark. Da ich die erste war, die zur Arbeit erschien, mußte ich mit der linken Hand ungeschickt die Hausschlüssel aus meiner Tasche hervorkramen, ehe ich mir aus dem Büro Verbandsmaterial holen konnte. Es war ein nicht gerade hoffnungsvoller Tagesbeginn, fand ich.
Ich plagte mich noch mit dem Verband ab, als Martin hereinkam.
»Hallo«, rief er, »Was hast du denn mit deiner Hand gemacht?«
»Beim Zumachen in der Autotür gelassen«, sagte ich kläglich. »Keine besonders gute Idee, wie?«
»Komm, laß mich das machen«, erklärte er besorgt. »Ist es auch bestimmt nicht schlimm? Kein Bruch? Solltest du nicht lieber zum Arzt?«
Ich schüttelte den Kopf. »Es ist wirklich nichts – sieht nur übel aus und tut ziemlich weh. Aber ein Glück, daß wir gestern abend den Erste-Hilfe-Kasten nicht auf dem Boot gelassen haben.«
»Ja.« Er legte mir sorgfältig einen Verband an. »Wieder mal ein Beweis, daß man solche Dinge nie von da wegholen soll, wo sie hingehören. Das nächste Mal nehme ich meinen eigenen mit, das steht fest, oder gar keinen. Ich hätte ein richtig schlechtes Gewissen, wenn dir das passiert wäre, ohne daß man Verbandsmaterial gehabt hätte. Wie fühlt sich das an?«
»Ganz gut.«
»Du meinst, es tut scheußlich weh.«
»Eigentlich nicht. Obwohl es sicher dumm von mir war, vor dem Verbinden nichts von diesem antiseptischen Puder draufzutun, was?«
»Das wäre bestimmt eine gute Idee gewesen. Na, wir können den Verband ja wieder aufmachen.« Er nahm das Päckchen. »Nein, lieber doch nicht – das Verfallsdatum, das hier draufsteht, ist schon längst vorbei. Ich werf es weg. Manchmal kann solches Zeug mehr schaden als nützen, wenn es

zu alt ist. Aber wenn du bis zum Mittagessen findest, mit der Hand stimmt was nicht, dann mußt du wirklich unbedingt zum Arzt.«

»Du klingst wie eine Fernsehwerbung für Aspirin. Jedenfalls war es meine eigene Dummheit. Ich dachte die ganze Zeit an deinen Mr. Clinton und ob er auch wirklich auftauchen würde. Als mir das hier passierte, fand ich, es sei ein schlechtes Omen.«

»Freilich wird er auftauchen. Nachdem ich ihn unter Alkohol gesetzt und du ihm den Kopf verdreht hast, was bleibt ihm anderes übrig?«

Als er hinausging, erblickte ich Keith Barnes, der uns von der Tür aus beobachtete. Ich fand, daß Keith manchmal etwas Entnervendes an sich hatte. Er schien die Leute ständig zu beobachten. Nicht aus Dreistigkeit oder aus Neugier. Das machte es ja gerade so entnervend. Es war, als hätte er einen wichtigen Grund dafür.

Als ich jetzt aufblickte und ihn entdeckte, lag ein ganz sonderbarer Ausdruck auf seinem Gesicht, der aber sofort verschwand und seiner üblichen verschlossenen und zynischen Miene Platz machte.

»Sind Sie gestern mit Martin zum Hochseefischen gefahren?« fragte er in unverhältnismäßig höflichem Ton.

»Nein, danke!« antwortete ich mit Nachdruck. »Erstens werde ich seekrank, und außerdem hasse ich Fischen.«

»Sie wissen einen schönen Sport eben nicht zu schätzen!«

Keith rollte davon, und ich machte mich an meine Arbeit, so gut das mit einer verbundenen und doch recht schmerzenden Hand möglich war.

Doch der schlechte Tagesbeginn war schnell vergessen, als John Clinton später tatsächlich in der Fabrik erschien. Er kam nicht nur, er blieb ziemlich lange, und als er ging, hinterließ er einen umfangreichen und gewinnträchtigen Auftrag sowie eine allgemeine hoffnungsfreudige Stimmung in der gesamten Firma. Einen Fuß in der Tür von John Clinton Interiors zu haben, war tatsächlich Grund zum Optimismus.

Selbst Keith Barnes schien davon angesteckt.
Am Freitag nachmittag nach John Clintons Besuch hatte es ein Gewitter mit Sturm und wolkenbruchartigen Regenfällen gegeben. Am Samstag morgen wollten Martin und ich ausreiten. Als ich zu den Ställen kam, war er gerade dabei, unsere Pferde zu satteln – Mindy, seine Lieblingsstute, und den Grauschimmelwallach namens Condor, dessen gute Manieren mein fehlendes Können wettmachten.
»Ich dachte, wir reiten hinauf zum Nationalpark und schauen uns die Wasserfälle an«, schlug Martin vor. »Es ist wunderschön da oben, und die Fälle werden nach dem Regen gestern abend bestimmt ein phantastischer Anblick sein. In der Nähe gibt es ein kleines Restaurant, wo wir zu Mittag essen können.«
Es war ein herrlicher Ritt. Strahlendblauer Himmel, Sonne und dazu eine leichte Brise vom Meer, das etwa zwanzig Kilometer entfernt lag. Martin kannte eine Abkürzung von seinem Haus zum Hügelkamm und hatte Erlaubnis, quer über die Weide eines Nachbarn zu reiten. Nach dem gestrigen Gewitter war die Luft rein und glasklar, man blickte weit übers Land, und die Vögel schienen besonders fröhlich zu singen. Martin und ich plauderten oder ritten auch einfach schweigend dahin und genossen die Aussicht.
Der Fluß war durch den Regen tatsächlich stark angeschwollen. Von dem Teich kurz vor dem Klippenrand – ein beliebter Badeort, heute aber wegen der Strömung entschieden zu gefährlich – schoß das Wasser in gewölbtem Strahl in die Tiefe und zerstob auf den Felsen drunten zu weißem Schaum. Wir banden die Pferde an und wanderten zu Fuß den Pfad durch den feuchtgrünen Regenwald hinunter, um uns das Schauspiel von unten anzusehen.
»Gewöhnlich ist das nur ein kleiner Fluß, und der Wasserfall ist hübsch, aber nicht gerade spektakulär. Aber heute kommt eine ganze Menge Wasser herunter.«
Wir blieben eine Weile, gefangen von dem eigenartigen Zauber, den der Anblick herabstürzenden Wassers ausübt. Hoch

über uns schwebte ein Adlerpaar in mühelosen Kreisen auf seinen breiten Schwingen und spähte in den Baumkronen nach Beute – eine Mahnung, daß der Friede und die Stille der Natur nur eine Illusion sind, daß selbst in dieser idyllischen Waldeinsamkeit das Leben für die natürlichen Bewohner ein endloser Kampf ist, den nur die Starken und vom Glück Begünstigten bestehen.

Wir stiegen den lehmigen und stellenweise ein bißchen schlüpfrigen Weg zum oberen Ende des Wasserfalls wieder hinauf.

»Paß auf, wo du hintrittst«, warnte Martin – und im gleichen Moment glitt er mit dem Fuß aus und landete auf Händen und Knien. »Wie sagte ich eben so richtig«, fügte er lächelnd hinzu, während er sich wieder aufrappelte. Betrübt betrachtete er seine Knie. »Verdirbt etwas mein elegantes Äußeres, ausgerechnet, wo ich dich doch heute zum Essen ausführen wollte.«

»Ach, das Schlimmste kannst du dir ja im Teich abwaschen, wenn wir oben sind«, sagte ich fröhlich zu ihm. »So leicht kommst du mir nicht um eine Essenseinladung herum.«

Es waren nicht viele Leute unterwegs – wahrscheinlich dachten sich die meisten, daß nach dem schweren Regen der nasse Boden zum Picknicken oder Wandern nicht angenehm sein würde. Während sich Martin am Teichrand oberhalb des Wasserfalls den Schmutz von den Händen wusch und sich notdürftig die Hose säuberte, ging ich, um die Pferde loszumachen.

Als ich mich umdrehte, sah ich, wie die Uferkante, wo Martin stand, abzubröckeln begann. Er verlor das Gleichgewicht und stürzte ins Wasser.

Ich schrie: »Martin!« – und sah in hilflosem Entsetzen zu, wie er sich abmühte, zum Ufer zurückzuschwimmen. Die Strömung hatte ihn mehrere Meter weit abgetrieben, und so verzweifelt er auch dagegen anzuschwimmen versuchte, sie zog ihn erbarmungslos auf die Felskante zu, wo das Wasser schwindelerregend zu den Felsen tief unten hinabstürzte.

Mehrere Leute in der Nähe sahen, was geschah, und rannten zum Teich. Ich selbst blieb wie angewurzelt stehen. Mir war, als liefe vor meinen Augen ein Film im Zeitlupentempo ab. Das Ganze konnte nur ein paar Sekunden gedauert haben, doch mir schien es eine kleine Ewigkeit.

Dann reckte sich Martin, so hoch er konnte, aus dem Wasser und schrie: »Mindy! Mindy!«

Die Stute hob mit gespitzten Ohren den Kopf und tat, als ich die Zügel losließ, einen Satz nach vorn.

»Lauf, Mindy, lauf!« flüsterte ich und rannte auf den Teich zu.

Martin kämpfte mit aller Kraft gegen die Strömung an, die ihn unerbittlich dem sicheren Tod entgegentrieb.

Ohne Hast, aber auch ohne zu zögern, als handle es sich nur um eines ihrer beliebten Versteckspiele, tauchte die große Stute in den Teich und war Sekunden später an Martins Seite. Er klammerte sich am Steigbügel fest und rief: »Raus hier, altes Mädchen! Hinauf!«

Sie schien sich der Gefahr völlig bewußt zu sein, denn sie begann augenblicklich schnaubend auf das Ufer zuzuschwimmen. Einen Augenblick schien es, als käme sie nicht vorwärts, aber dann bekam sie irgendwie Boden unter die Füße und kletterte, Martin mit sich schleppend, an Land.

Er ließ den Steigbügel los und blieb eine Weile mit dem Gesicht nach unten im Gras liegen, während Mindy sich kräftig schüttelte und neugierig zuschaute, wie alle Leute sich um Martin scharten und ihn fragten, ob ihm etwas passiert sei.

Ich hörte einen Mann sagen: »Bei Gott, dieses Pferd verdient eine Medaille. Das war eine blitzschnelle Rettungsaktion!«

Martin rappelte sich auf. Sein Brustkorb ging heftig auf und nieder, während er nach Luft rang, die Haare klebten ihm am Schädel, und von seinen Kleidern rann das Flußwasser in kleinen Bächen herunter. Ich fand, er sah einfach wunderbar aus.

»Mir fehlt nichts«, sagte er. »Vielen Dank, alle miteinander.«

Da warf ich mich in seine Arme. Ich glaube, ich habe hemmungslos geschluchzt. Auf jeden Fall brachte ich kein Wort heraus. Ich klammerte mich an ihn und spürte durch die nassen Kleider hindurch die Kraft und die Wärme seines Körpers, während er mich fest an sich drückte.

Schließlich küßte er mich und hielt mich lächelnd ein Stückchen von sich weg.

»Jetzt bist du fast genauso naß wie ich«, meinte er mit einem ganz kleinen Zittern in der Stimme. Er legte mir sanft die Hand auf die Wange. »Na komm! Schau nicht so. Es ist nichts passiert.« Den einen Arm noch immer um mich gelegt, tätschelte er Mindys Hals. »Braves Mädchen«, sagte er immer wieder. »Braves Mädchen.«

Ich konnte nicht aufhören zu zittern, auch dann nicht, als wir aus dem waldigen Park in den strahlenden Sonnenschein hinauskamen. Erst im Restaurant, wo man – von anderen Gästen, die Zeugen des Unfalls gewesen waren, alarmiert – rührend um uns besorgt war und Martin trockene Kleidung lieh, überwand ich mit einem Kognak endlich meinen Schock.

Während des Mittagessens redeten und lachten wir wahrscheinlich ein bißchen zu viel, aus purer Freude, lebendig zu sein. Während des Heimritts waren wir wahrscheinlich ein bißchen zu schweigsam – aus dem gleichen Grund. Ich konnte nicht wissen, was er dachte, aber eines wußte ich jetzt, welche Zweifel auch immer ich vorher gehegt haben mochte: Ich hatte mich in Martin Weldon verliebt.

7

Es war am folgenden Mittwoch abend so etwa zwischen zehn und halb elf, und ich wollte gerade zu Bett gehen, als Nigel mich in meiner Wohnung anrief.

»Patricia, es tut mir leid, dich damit zu belasten«, sagte er ruhig, »aber es ist etwas Schreckliches passiert. Könntest du zu den Barnes kommen? Rhelma braucht jetzt jemanden, der

ihr beisteht, und ich glaube, du bist die beste Freundin, die sie hat. Keith ist tot.«
»Keith!« Ich packte den Telefonhörer, als wollte ich mich daran festhalten. Der arrogante, ruppige, übellaunige Keith, der trotz seiner Behinderung stets so ungeheuer viel Lebenskraft ausgestrahlt hatte – Keith tot?
»Aber wieso? Wie?«
»Ich warte vor dem Haus auf dich. Kannst du kommen?«
»Ja. Ja, natürlich. Fünf Minuten.«
Als ich auf das hübsche, wenn auch bescheidene, in einer ruhigen Villengegend gelegene Haus der Barnes zufuhr, konnte ich sehen, daß in jedem Zimmer Licht brannte und draußen ein Grüppchen von Leuten neugierig herumstand. Rhelmas Wagen war auf der Straße geparkt. In der Garageneinfahrt stand ein Polizeiauto, ein weiteres parkte vor dem Haus, hinter dem von Nigel. Ich stellte gerade meinen eigenen Wagen dahinter ab, als Nigel aus dem Haus geeilt kam, verfolgt von den wachsamen Blicken eines Polizisten, der neben der Eingangstür Wache stand.
Ich packte Nigel am Arm. »Ist er tödlich verunglückt? Wo ist Rhelma?«
»Drinnen. Warte, Patricia.« Er legte mir die Hand auf die Schulter. »Er ist nicht verunglückt.«
Ich fuhr herum und starrte ihn an. Der Schein einer Straßenlaterne fiel auf sein Gesicht. Seine Kinnmuskeln waren straff gespannt, und seine Augen blickten bekümmert.
»Aber – ein Schlaganfall oder so etwas kann es doch nicht gewesen sein, sonst wäre die Polizei nicht hier. Was also . . .« Ich verstummte erschrocken. »Nigel, willst du damit sagen, er hat sich umgebracht? Keith?«
Er schüttelte den Kopf. »Nein, Patricia. Er wurde ermordet.«
Ich weiß nicht, wie viele Sekunden vergingen, bis ich begriff, was er gesagt hatte. Mit offenem Mund starrte ich ihn an.
»Tut mir leid«, sagte er. »Ich wußte einfach nicht, wie ich es dir schonend beibringen sollte. Das hab ich weiß Gott auch schon bei Rhelma versucht.«

Ich mühte mich, Ordnung in meine verwirrten Gedanken zu bringen. »Rhelma war also nicht hiergewesen? Oder ist es gar nicht hier geschehen? Nigel – wer war es?«
»Ich fürchte, es wird nicht so leicht sein, das herauszufinden. Aber ich bin natürlich kein Kriminalist. Er wurde im Wohnzimmer ermordet, während Rhelma auf Besuch bei Freunden war. Glaubst du, du könntest auf einen Sprung hereinkommen? Sie steht ziemlich unter Schock. Einen Arzt zu rufen hat sie mir nicht erlaubt, aber ich glaube, die Anwesenheit einer Freundin würde ihr bestimmt guttun.«
»Ja, natürlich«, sagte ich automatisch. Als wir ins Haus gingen, machte Nigel kurz halt, um dem Polizisten an der Tür zu erklären, wer ich war. Dieser nickte und ließ uns vorbei.
Im Wohnzimmer standen zwei Kriminalbeamte in Zivil und eine uniformierte Polizistin, doch nahm ich diese nur am Rande wahr. Rhelma saß auf dem Sofa, wie in sich zusammengeschrumpft, das Gesicht totenbleich gegen das Kastanienbraun ihrer Haare, die Augen, aus denen gewöhnlich Humor und gute Laune blitzten, dunkel und starr. Einer der Männer sprach gerade zu ihr. Als wir eintraten, verstummte er und drehte sich um.
Rhelma blickte zu mir auf und sagte mit erhobener Stimme: »Er ist tot.«
Ohne lange zu überlegen, was ich tun oder sagen sollte, lief ich durch das Zimmer auf sie zu, setzte mich neben sie und nahm sie in die Arme. Sie drückte das Gesicht gegen meine Schulter und begann stumm zu weinen. Ich hielt sie vielleicht zwei oder drei Minuten lang fest umschlungen, ohne ein Wort zu sprechen, bis ihr Schluchzen schließlich verstummte.
»O Patricia«, stieß sie mühsam gefaßt hervor. »Ich bin so froh, daß du gekommen bist. Tut mir leid, daß ich mich so hab gehenlassen.«
»Ach, laß doch.«
»Irgendwie muß ich mich zusammenreißen, um Keiths willen. Er hätte es gehaßt, wenn ich mich wie ein kopfloses klei-

nes Mädchen benähme. Außerdem muß ich nachdenken. Denn vielleicht gibt es doch irgend etwas, irgendwo, woran ich mich erinnern kann, was einen Hinweis liefern könnte, wer das getan hat.« Sie blickte mir voll ins Gesicht; in ihren blaugrauen, noch immer schreckerfüllten Augen funkelte sekundenlang eiskalter Zorn. »Denn ich will, daß man denjenigen, der das getan hat, faßt!«

Ich glaube, selbst die Polizisten spürten das machtvolle Gefühl, das instinktive, überwältigende Bedürfnis nach Rache, das für einen Augenblick den Raum beherrschte, denn einige Sekunden lang rührte sich keiner von ihnen von der Stelle. Dann räusperte sich der ältere der beiden Beamten.

»Verzeihen Sie, wenn ich Ihnen lästig falle, Mrs. Barnes, aber fühlen Sie sich imstande, mir einige Fragen zu beantworten?«

»Ja«, erwiderte sie fest.

»Sie sagen, Sie hätten Freunde besucht.« Er blickte in seine Notizen. »Die Armitages. Um wieviel Uhr kamen Sie dort an?«

»Gegen drei Viertel acht, glaube ich. Ich bin um etwa halb zehn wieder gegangen.«

»Was machte Ihr Mann, als Sie weggingen?«

»Er schaute fern.«

»Wo saß er?«

»In seinem Rollstuhl, ungefähr dort.« Sie deutete auf die Stelle.

Erst jetzt bemerkte ich mit jähen Entsetzen, daß Keiths Rollstuhl neben dem Eßtisch stand und auf dem Boden daneben ein Bettlaken ausgebreitet war, ob um Blutflecken abzudekken oder um die Stelle für die Spurensicherung zu schützen oder aus beiden Gründen, das wußte ich nicht – aber es war eine krasse Mahnung, daß noch vor wenigen Minuten die Leiche eines Mannes dort gelegen hatte.

»Sein Stuhl stand also nicht neben dem Tisch, wo er jetzt steht?«

»Nein.«

»Da liegt ein Kugelschreiber auf dem Tisch. Lag der normalerweise dort?«
Sie blickte flüchtig hinüber. »Ich weiß nicht genau, ob das unserer ist – es ist ein ziemlich gängiges Fabrikat. Normalerweise würde kein Kugelschreiber auf dem Tisch liegen, aber so ungewöhnlich ist es auch wieder nicht.«
»Hatte Ihr Mann erwähnt, daß er noch Besuch erwartete?«
»Nein.«
»Und doch erklärt Mr. Selbridge, Ihr Mann habe ihn angerufen, ziemlich spät, und ihn gebeten, herüberzukommen.«
Sie schüttelte den Kopf. »Er hat mir nichts davon gesagt, daß er Nigel sehen wollte.«
»Hat er oft Freunde eingeladen, wenn Sie ausgingen? Fühlte er sich einsam?«
»Ich bin nur selten abends ohne ihn weggegangen, und ich erinnere mich nicht, daß er jemals jemanden herübergebeten hat.«
»Wie war sein Verhalten in letzter Zeit? Wirkte er beunruhigt, aufgeregt – irgendwie anders als sonst?«
Rhelma schien einen Augenblick zu überlegen, dann sagte sie: »Nein, ich glaube nicht.«
»Haben Sie Ihre Haustür normalerweise abgesperrt?«
»Nicht, ehe wir zu Bett gingen.«
Der Beamte sah sie aufmerksam an. »Es hätte also jeder von der Straße einfach hereinkommen können?«
»Das ja, sicher. Es ist eine sehr ruhige Gegend hier. Wir haben nie ans Absperren gedacht, solange wir abends noch auf waren.«
»Trug Ihr Mann vielleicht viel Geld bei sich? Oder hatten Sie Geld im Haus?«
»Nein. Keine nennenswerte Summe.«
»Würden Sie jetzt bitte mit Constable Jenkins gehen und nachsehen, ob etwas fehlt – Schmuck, Uhren, Radioapparate, Feldstecher, elektrische Geräte oder sonst etwas?«
Rhelma erhob sich mechanisch und ging mit der Polizeibeamtin hinaus. Zuvor hatte ich mit halbem Ohr das Geräusch

eines Wagens vernommen, der draußen vorfuhr. Jetzt kam ein Mann herein mit einer Tasche, die einer Arzttasche ähnelte. Als der ältere Beamte ihm einen forschenden Blick zuwarf, schüttelte er den Kopf. »Nichts«, sagte er. Er zog vorsichtig das Laken vom Boden, baute einen Scheinwerfer auf und begann, auf Händen und Knien kriechend, sorgfältig den Teppich zu untersuchen. Dann stäubte er den Rollstuhl mit Puder ein.

Der Beamte, der bisher die Vernehmung geführt hatte, wandte sich zu mir. Er war ein schlanker, korrekt wirkender Mann mit auffallend hellblauen Augen.

»Sie sind natürlich Miss Kent«, begann er. »Ich bin Sergeant Cunningham.« Er deutete mit einer Kopfbewegung auf den jüngeren Beamten, einen kräftigen, rothaarigen Burschen mit leichtem Übergewicht. »Detective Wilkes.«

Wir nickten einander zu.

»Sie und Mrs. Barnes sind eng befreundet?«

»Wir kennen einander noch nicht sehr lange – etwa vier oder fünf Monate erst. Aber wir sind gute Freunde geworden, ja.«

»Würden Sie sagen, Mrs. Barnes und ihr Mann waren glücklich zusammen?«

»Ja, unbedingt.«

»Er stand im Ruf, ziemlich – schwierig zu sein.«

Ich glaube, ich machte ein überraschtes Gesicht. Er lächelte.

»Das sind die Vorteile, wenn man Kriminalbeamter in einer Kleinstadt ist«, meinte er. »Man erfährt so manches über das Privatleben der Leute.«

»Dann müßten Sie auch gehört haben, daß Keith zu Rhelma niemals grob war und daß sie ihn innig geliebt hat.«

»Haben Sie Keith Barnes gemocht, Miss Kent?«

Ich zögerte, denn es kam mir grausam vor, die Wahrheit zu sagen.

»Eigentlich nicht«, gestand ich schließlich.

»Weil er sich ständig so ruppig benahm?«

»Ja. Ich versuchte, ihn zu mögen, aber er machte es einem sehr schwer.«

»Und dennoch sind Sie überzeugt, daß er und seine Frau glücklich waren?«
»Ja. Das heißt – glücklich miteinander. Ich nehme an, ein Mann wie Keith, an den Rollstuhl gefesselt, konnte nie wirklich glücklich sein.«
»Eben.«
Ich runzelte die Stirn. »Ich sehe nicht recht, worauf Sie hinauswollen, Sergeant. Besteht eine Möglichkeit, daß Keith Selbstmord begangen haben könnte?«
»Nein.«
»Sind Sie sicher?«
Er musterte mich aufmerksam.
»Es ist schwierig, sich den eigenen Hinterkopf mit einer Axt zu zerschmettern und von dieser sodann die Fingerabdrücke abzuwischen, ehe man sie auf den Boden fallen läßt.«
Er sagte das mit einer trockenen, schonungslosen Direktheit und beobachtete mich dabei unverwandt.
Meine Augen flogen unwillkürlich zum Rollstuhl, und ich merkte, wie ich zusammenzuckte.
»Oh«, sagte ich tonlos. Dann erst kamen mir seine Worte richtig zu Bewußtsein: »Axt?« wiederholte ich scharf.
»Die Kriegsaxt aus Neuguinea, die, soviel ich weiß, an der Wand hing.«
Ich blickte sofort zu der Stelle an der Wand, wo das schön gearbeitete Sammelstück gehangen hatte. Die Halterung war leer. Cunningham hatte bemerkt, daß ich genau wußte, wo die Axt gehangen hatte, das war mir klar, und ich spürte Zorn in mir aufsteigen. Ich wurde hier ja verhört, als sei ich selbst verdächtig!
Erst jetzt kam mir zu Bewußtsein, daß wir alle verdächtig waren – jeder, der Keith Barnes gekannt hatte. Und daß die Fragen des Sergeants nicht so sehr mir selbst gegolten hatten als dem, was ich von Rhelmas Beziehung zu ihrem Mann wußte.
Vor Schreck platzte ich unbedacht heraus: »Sie glauben doch nicht etwa, Rhelma hätte ihn umgebracht?«
»Ich bilde mir nie ein vorschnelles Urteil, Miss Kent«, erwi-

derte er kühl. »Wir wollen nur an die Wahrheit gelangen. Dafür müssen wir unter Umständen eine Vielzahl von Informationen durchsieben, von denen die meisten zweifellos ohne jeden Bezug zur Sache sein werden.«
»Aber Sie sagten, Rhelma sei bei Freunden zu Besuch gewesen; das ist doch nun sicher ein Beweis, daß sie nicht hier war.«
»Mrs. Barnes hat gesagt, sie sei bei Freunden auf Besuch gewesen«, gab er sanft zurück. »Wir werden das natürlich überprüfen. Nach der vorläufigen ärztlichen Untersuchung der Leiche käme als Zeitpunkt für den Eintritt des Todes sogar schon sieben oder halb acht in Frage – also ehe Mrs. Barnes nach eigenen Angaben das Haus verließ. Möglich ist aber auch ein späterer Zeitpunkt wie halb neun, die Zeit, als Mr. Selbridge das Haus betrat, wie er sagt.«
Ich blickte mich schnell nach Nigel um. Er betrachtete den Sergeant mit ungerührter Miene, doch ich wußte, daß ihm die Absicht hinter Sergeant Cunninghams Bemerkung nicht entgangen war. Dieser Sergeant, überlegte ich mit widerstrebender Bewunderung, war im Verhör wirklich recht geschickt. Er sondierte und lauerte auf eine Reaktion, die ihm verraten würde, daß er einen wunden Punkt getroffen hatte.
Aus der Küche konnte ich durch die geschlossene Tür Stimmengemurmel vernehmen. Anscheinend trank die Polizeibeamtin eine Tasse Tee mit Rhelma, und mir wurde klar, daß es zu ihrer Aufgabe gehörte, Rhelma fernzuhalten, während der Sergeant Nigel und mich vernahm.
»Um wieviel Uhr, sagten Sie, hat Mr. Barnes Sie angerufen, Mr. Selbridge?«
»Um acht ungefähr.«
»Und Sie fuhren sofort hierher?«
»Nicht sofort. Ich war noch beim Abendessen. Ich aß zu Ende und wusch das Geschirr ab. Ich lebe allein«, fügte Nigel erklärend hinzu.
»Sie hatten demnach nicht das Gefühl, daß es Mr. Barnes mit seiner Bitte, Sie möchten ihn aufsuchen, irgendwie eilig war?«

»Eigentlich nicht.«
»Aber es war doch gewiß ungewöhnlich, daß einer Ihrer Firmenangestellten Sie um acht Uhr abends anrief und bat, zu ihm zu kommen?«
»Ja.«
»Ließ Mr. Barnes durchblicken, daß es sich um eine dringende Angelegenheit handelte?«
Nigel zögerte. »Kommt darauf an, was Sie unter dringend verstehen. Im nachhinein bin ich vielleicht klüger und weiß, daß ich sofort hätte kommen sollen. Aber weder aus dem, was er sagte, noch aus der Art, wie er es sagte, ließ sich entnehmen, daß er sich in irgendeiner Gefahr befand. Allerdings hat er, als ich ihn fragte, ob die Sache nicht Zeit bis morgen habe, darauf bestanden, mich noch heute und unter vier Augen zu sprechen. Ich sagte ihm, ich würde in etwa einer halben Stunde bei ihm sein. Damit schien er durchaus zufrieden.«
»Von einer weiteren Person war nicht die Rede?«
»Nein. Es sei denn, Sie meinen den Umstand, daß er erwähnt hat, Rhelma sei ausgegangen.«
»Als Sie hier ankamen, was taten Sie?«
»Ich klingelte. Als sich drinnen nichts rührte, wartete ich ein paar Minuten, für den Fall, daß Keith am Telefon oder auf der Toilette oder sonstwo war, und klingelte noch mal. Dann klopfte ich ein paarmal, ging um das Haus herum, klopfte an der Hintertür und rief nach Keith. Die Hintertür war zugesperrt, also ging ich wieder nach vorne und versuchte es bei der Vordertür. Sie ging auf, und ich trat ein.«
»Warum?«
Nigel hob die Augenbrauen.
»Der Mann hatte mich gerade telefonisch gebeten, ihn in einer offenbar wichtigen Angelegenheit aufzusuchen. Da konnte ich doch wohl schwerlich annehmen, daß er plötzlich beschlossen hatte, das Haus zu verlassen. Außerdem hatte ich seinen Wagen in der Garage stehen sehen. Ich dachte, ihm sei womöglich plötzlich schlecht geworden, oder er habe einen Unfall gehabt.«

»Und was genau haben Sie gesehen, als Sie hereinkamen?«
»Genau das, was Sie gesehen haben, als Sie hereinkamen. Ich habe nichts berührt. Keith lag zusammengekrümmt neben seinem Rollstuhl auf dem Fußboden. Ich ging zu ihm hin, sah die Kopfverletzung und kniete mich automatisch neben ihn, um seinen Puls zu fühlen, obwohl ich wußte, daß er tot sein mußte. Dann ging ich zum Telefon und rief die Polizei. Sonst habe ich nichts berührt. Ich habe auch die Lage der Leiche nicht verändert.«
»Brannte Licht im Haus?«
»Die Lichter hier drinnen und das Licht in der Küche waren an.«
»Auf Ihrem Weg hierher, haben Sie da irgend jemanden gesehen, der von diesem Haus gekommen sein könnte?«
»Ich bin natürlich einigen Autos begegnet. Ob auch hier in dieser Straße, das weiß ich ehrlich gesagt nicht mehr. Fußgänger habe ich, glaube ich, keine gesehen. Auf jeden Fall keinen, der sich verdächtig benommen hätte.«
»Nachdem Sie den Toten fanden, kam es Ihnen da nicht irgendwie merkwürdig vor, daß die Lichter im Haus an waren?«
Nigel blickte leicht überrascht.
»Darüber hab ich eigentlich gar nicht nachgedacht.«
»Jemand geht in ein Haus, bringt einen Mann um, läßt die Leiche mitsamt der Tatwaffe auf dem Boden liegen und geht wieder hinaus, wobei er die Lichter brennen läßt. Das hätte doch die Wahrscheinlichkeit, beobachtet und womöglich erkannt zu werden, erheblich erhöht. Wäre es da nicht besser gewesen, die Lichter auszumachen?«
Ich sah, wie sich Nigels Kinnmuskeln spannten.
»Die Lichter, die brannten, als Sie ankamen, brannten schon, als ich ankam. Ich habe kein Licht an- und kein Licht ausgemacht. Warum der Mörder sie angelassen hat, müssen Sie ihn selber fragen. Vielleicht dachte er, sie so früh am Abend auszumachen, würde den Nachbarn auffallen und so die Tatzeit ziemlich genau fixieren. Weil er für die fragliche Zeit ja

kein Alibi hatte, könnte das für den Täter von Wichtigkeit gewesen sein. Ich weiß es nicht. Wie gesagt, fragen Sie ihn selbst.«

»Oder sie. Oh, das werde ich. Mr. Selbridge, Sie haben anscheinend einen Blutfleck am rechten Knie Ihrer Hose.«

Nigel blickte flüchtig auf einen kleinen braunen Fleck auf seiner beige Sporthose.

»Ich habe mich neben die Leiche gekniet.« Er schob die Hand in die Tasche und zog ein fleckiges Taschentuch heraus. »Ich kriegte auch etwas Blut an die Hand, als ich Keiths Puls fühlte, denn seine Hände lagen, wie Sie sahen, fast unter seinem Gesicht, und es war Blut daran. Ich habe mir die Hand am Taschentuch abgewischt. Hier, Sie können es haben. Ob Sie nun glauben, ich hätte es benützt, um mir die Hände abzuwischen oder um meine Fingerabdrücke von der Axt zu wischen, liegt ganz bei Ihnen. Sie können auch«, fügte er trocken hinzu, »meine Hose haben, um sie mikroskopisch untersuchen zu lassen oder was Sie sonst damit tun wollen, aber ich würde es vorziehen, wenn Sie sie nicht gleich jetzt mitnähmen.«

Der Sergeant verzog keine Miene.

»Ich glaube, das wird nicht notwendig sein, danke. Das Taschentuch werden wir behalten.« Seine hellen Augen richteten sich auf mich. »Leben Sie allein, Miss Kent?«

»Ja.«

»Wo waren Sie an diesem Abend – ehe Mr. Selbridge Sie anrief und herzukommen bat?«

»In meiner Wohnung. Ich habe keinen Zeugen dafür.«

Ein ganz sonderbares, unwirkliches Gefühl beschlich mich. Es war doch einfach undenkbar, daß ich hier wie eine Mordverdächtige behandelt wurde, selbst wenn die Polizei das auch nur als eine entfernte Möglichkeit in Erwägung zog.

»Wir müssen Ihnen alle diese Fragen stellen, Miss Kent«, mischte sich der jüngere Beamte, der das Protokoll führte, unerwartet ein, als habe er meine Gedanken erraten. »Das gehört zur Routine.«

Die Polizeibeamtin steckte den Kopf durch die Küchentür. »Kaffee, Sergeant?«
»Ja, danke. Machen Sie doch für alle welchen, ja?« Damit wandte sich der Sergeant wieder an Nigel. »Als Mr. Barnes Sie anrief, was genau hat er gesagt? Den exakten Wortlaut, so genau Sie ihn noch wiedergeben können.«
Nigel runzelte nachdenklich die Stirn.
»Ich glaube, er sagte: ›Nigel, können Sie herüberkommen? Da ist etwas, worüber ich mit Ihnen reden möchte.‹ Ich fragte, ob das nicht Zeit bis morgen hätte, und er sagte: ›Es handelt sich um etwas, das ich nicht während der Arbeit besprechen möchte und auch nicht vor Rhelma. Sie ist ausgegangen. Können Sie kommen? Es ist wichtig.‹ Also sagte ich ihm, ich sei in ungefähr einer halben Stunde dort. Er sagte bloß ›gut‹ und legte auf.«
»Er hat nicht erwähnt, ob es sich um etwas in Verbindung mit der Firma Selbridge handelte?«
»Nein. Ich gebe zu, ich habe mir tatsächlich überlegt, ob er etwas Schlimmes über einen der Angestellten dort herausgefunden haben mochte. Er ist – er war ein neugieriger Mensch, wenn auch nicht auf bösartige oder aufdringliche Weise. Es schien ihm einfach daran gelegen, soviel wie möglich über Menschen zu erfahren.«
Zum ersten Mal flog ein kleines Lächeln über Sergeant Cunninghams Gesicht.
»Da hätte er einen guten Polizisten abgegeben. Wie war sein Ton, als er Sie anrief? Wirkte er erregt? Beunruhigt?«
Nigel überlegte. »Nicht erregt und auch nicht direkt beunruhigt. Aber ernst – fast grimmig.«
»Sie hatten also den Eindruck, daß etwas nicht stimmte? Daß er sich über etwas Sorgen machte?«
»Sorgen, ja.«
»Und doch hielten Sie es nicht für nötig, schon vor Ablauf einer halben Stunde hinzufahren?«
»Ich hatte nicht den Eindruck, daß es so dringend war, und als ich sagte, ich käme in einer halben Stunde, schien ihm das

ganz recht.« Nigel klang leicht gereizt, weil er das wiederholen mußte.
»Und Sie kamen tatsächlich eine halbe Stunde später?«
»Ungefähr. Ich hab nicht auf die Uhr geschaut.«
»Und Sie leben ebenfalls allein, Mr. Selbridge?«
»Jawohl«, erwiderte Nigel ruhig. »Und ebenso wie Miss Kent habe ich keinen Zeugen dafür, daß ich am frühen Abend zu Hause war beziehungsweise daß ich tatsächlich einen Anruf erhalten habe.«
Der Mann, der, wie ich annahm, nach Fingerabdrücken gesucht hatte, war inzwischen mit seinen Geräten wieder verschwunden. Nun kam die Polizeibeamtin mit Rhelma aus der Küche, setzte ein Tablett mit Kaffeetassen auf einen Seitentisch und brachte auf einen Wink des Sergeanten auch dem Posten an der Haustür eine Tasse. Trotz der warmen Nacht hatte Rhelma eine Wolljacke übergezogen, aber als sie sich neben mich aufs Sofa setzte, spürte ich, daß sie immer noch zitterte.
»Mrs. Barnes«, sagte Sergeant Cunningham ruhig, »möchten Sie, daß ich einen Arzt rufe?«
Sie schüttelte den Kopf. »Es geht schon, danke. Wirklich.«
»Wir werden Sie jetzt bald in Frieden lassen«, versprach er ihr. »Sie müssen Ihre Aussage noch unterschreiben, aber das hat Zeit bis morgen. Soll ich irgend jemanden für Sie anrufen? Freunde oder Verwandte? Ich möchte nicht, daß Sie heute nacht allein blieben. Sie haben einen schweren Schock erlitten.«
»Komm doch zu mir in die Wohnung«, schlug ich vor.
Wieder schüttelte sie den Kopf. »Danke, aber ich bleibe lieber hier. Ich muß ja doch irgendwann. Da fange ich am besten gleich damit an. Aber wenn du hierbleiben könntest, Patricia . . .«
»Natürlich!«
»Mrs. Barnes, hat irgend etwas gefehlt, sind irgendwelche Sachen durchwühlt worden?«
»Nein, soviel ich gesehen habe, nicht.«

Cunningham nickte, als habe er nichts anderes erwartet. Sobald er seinen Kaffee ausgetrunken hatte, stand er auf.
»Ich werde einen Mann über Nacht vor dem Haus postieren, wenn Sie wollen, Mrs. Barnes. Und auf jeden Fall sorge ich dafür, daß öfters ein Streifenwagen hier vorbeifährt.«
»Das ist nicht nötig, Sergeant«, antwortete Rhelma beherrscht. »Niemand würde mir etwas zuleide tun wollen.«
Er sah sie aus seinen hellen Augen prüfend an. »Wissen Sie denn, warum jemand Ihrem Mann etwas zuleide tun wollte?«
»Wenn ich das wüßte, würde ich es Ihnen sagen, das versichere ich Ihnen, Sergeant. Aber wie ich vermute, wurde er ermordet, damit er Nigel nicht sagen konnte, was er ihm hatte sagen wollen. Was das war, das ahne ich nicht und auch nicht, wen oder was es betraf. Ich wünschte, ich wüßte es!«
Als die Polizei endlich verschwunden war, sagte Rhelma zu mir: »Das Bett im Gästezimmer ist gemacht, Patricia. Würdest du mich jetzt bitte entschuldigen? Danke fürs Hierbleiben.«
Sie drehte sich um und ging aus dem Zimmer. Nigel sah mich stirnrunzelnd an.
»Glaubst du, sie schafft es?«
»Ich glaube schon. Sie wird überlegen, wie sie die nächsten vierundzwanzig Stunden durchstehen kann, ganz zu schweigen vom Rest ihres Lebens. Sie hat ihn sehr geliebt, weißt du.«
»Glaubst du, sie ahnt wirklich nicht, warum er umgebracht worden ist?«
Ich sah ihn scharf an. »Warum sollte sie?«
»Ich weiß nicht«, erwiderte er langsam. »Aber – es war nur so eine Frage.« Er zuckte die Achseln. »Fürchtest du dich, hierzubleiben?«
»Ich glaube nicht. Außerdem bleibt ja der Streifenwagen in der Nähe und behält das Haus im Auge.«
»Ja, sicher. Aber wenn du willst, kann ich hier auf dem Sofa übernachten.«

»Sei nicht albern, das wäre ja scheußlich unbequem. Und wer auch immer Keith umgebracht hat, der Betreffende hatte bestimmt keinen Massenmord im Sinn. Als er hierherkam, hatte er ja noch nicht mal vor, Keith umzubringen.«
Nigel starrte mich aus zusammengekniffenen Augen an. »Woher zum Kuckuck willst du das wissen?«
»Also, wenn du vorhast, jemanden umzubringen, dann bereitest du dich doch bestimmt darauf vor. Auf jeden Fall nimmst du eine Waffe mit – du verläßt dich nicht darauf, daß sich schon ein passender Gegenstand finden wird.«
Nigel rieb sich das Kinn. In seinen Augen erschien ein belustigtes Funkeln.
»Gut überlegt. Ob unser guter Sergeant wohl auch darauf gekommen ist?«
»Ich möchte eher annehmen, daß es wenig gibt, worauf unser guter Sergeant nicht kommt. Wenn ich ein Verbrecher wäre, hätte ich den bestimmt nicht gern auf meinen Fersen.«
»Wahrscheinlich hast du recht.« Nigel machte eine Pause. »Also frage ich mich, ob Keith vielleicht noch jemanden telefonisch gebeten hat, hierherzukommen – jemanden über den er etwas in Erfahrung gebracht hatte –, um ihn mit seinen Erkenntnissen zu konfrontieren.«
»Was das betrifft, würdest du, wenn du etwas Belastendes über jemanden weißt oder nur einen diesbezüglichen Verdacht hast, die betreffende Person darüber informieren?«
»Bestimmt nicht, außer ich wollte sie erpressen, und ich kann mir Keith nicht als Erpresser vorstellen.«
»Nein, ich genausowenig. Also war ihm vielleicht nicht bewußt, wie ernst das Ganze war – um was auch immer es sich handelte. Oder aber er wußte von einem kriminellen Tatbestand, wußte aber nicht, wen seine Beweise belasteten – ahnte womöglich gar nicht, daß die Person, mit der er sprach, der Schuldige war.« Ich rieb mir die Augen. »Ach, ich weiß auch nicht. Es ist furchtbar. Wir sitzen hier und

reden über das alles, als wäre es bloße Theorie. Aber das ist es nicht. Ein Mensch, den wir gekannt, mit dem wir gearbeitet haben, ist tot.«

Nigel strich mir sanft über die Schulter, sagte gute Nacht und ging.

Ich sperrte die Türen ab und kontrollierte die Fensterriegel. Und plötzlich war mir klar, Mitternacht hin oder her, ich wollte mit Martin sprechen. Ich wählte seine Nummer und war überrascht, als er sich sofort meldete.

»O Martin, hier spricht Patricia. Ich dachte schon, ich wecke dich auf. Ich mußte einfach mit dir sprechen. Es ist etwas Schreckliches passiert. Keith Barnes ist tot.«

»Ja«, sagte er ernst. »Ich weiß. Es sind gerade zwei Kriminalbeamte bei mir. Ist mit dir alles in Ordnung, Patricia? Wie geht's Rhelma?«

»Sie hat sich hingelegt. Wer weiß, ob sie schlafen kann. Sie hat natürlich einen schrecklichen Schock. Ich bleibe über Nacht bei ihr.«

»Wäre es nicht besser gewesen, sie mit zu dir in deine Wohnung zu nehmen?« Aus seiner Stimme klang Besorgnis.

»Sie wollte nicht. Und wir sind hier absolut sicher. Die Polizei überwacht das Haus. Und außerdem, wer das auch getan hat, er kommt bestimmt nicht zurück.«

»Nein, natürlich nicht. Aber – sei vorsichtig, ja?«

»Warum ist die Polizei bei dir?«

»Die wollen uns alle sprechen. Jeden, der mit Keith zu tun gehabt hat. Damit müssen wir uns wohl abfinden. Die Kollegen von Keith haben ihn wahrscheinlich besser gekannt als jeder andere, mit Ausnahme von Rhelma. Viele Freunde hatte er ja nicht. Wahrscheinlich besteht immerhin eine Möglichkeit, daß einer von uns einen nützlichen Hinweis geben kann.«

Mir war wirklich nicht ängstlich zumute, dennoch schlief ich sehr wenig in dieser Nacht. Ein Ausspruch von Martin ging mir unaufhörlich durch den Kopf: Viele Freunde hatte Keith ja nicht. Ein trauriger Nachruf, so sehr er auch auf den absichtlich unhöflichen Keith zutreffen mochte, der stets danach gestrebt hatte, die anderen Leute auf Distanz zu halten – was ihm ohne Zweifel ausgezeichnet gelungen war. Aber wenn er auch keine Freunde gehabt hatte, wie konnte er sich einen solchen Feind gemacht haben – einen so skrupellosen Feind, daß dieser ihn umbrachte? Was für ein Mensch war das, der einen hilflos an den Rollstuhl Gefesselten von hinten erschlug?

Ein Mensch in Panik?

Der Gedanke sprang mich aus der Dunkelheit an, und ich zerbrach mir lange den Kopf darüber. Aber am Ende blieben mir nur ein paar vage Ideen, und schließlich, gegen Morgen, schlief ich ein.

Ich erwachte zeitig, doch als ich leise in die Küche tappte, fand ich dort Rhelma schon fix und fertig angezogen, eine Tasse Kaffee vor sich, am Küchentisch sitzen.

Sie lächelte mir zu, dunkle Ringe unter den Augen, das Gesicht noch immer bleich wie die Wand.

»Es war so lieb, daß du dageblieben bist, Patricia. Allein schon das Bewußtsein, daß du da warst, hat geholfen. Ich habe meine Schwester in Brisbane angerufen. Sie kommt im Lauf des Vormittags hierher, ich bin also nicht mehr allein. Du mußt zur Arbeit. Das Leben geht weiter, für uns alle.« Sie blickte mich an. »Die Polizei glaubt, ich wüßte, warum man Keith umgebracht hat, auch wenn ich nicht weiß, wer es war. Sie irren sich. Ich weiß es nicht. Ich wünschte, ich wüßte es.« Sie starrte eine Weile schweigend in die Ferne. »Das Schreckliche ist, daß ich es vielleicht wissen müßte!«

Eleanor rief mich im Büro an. Ich traute kaum meinen Ohren, als sie sagte: »Patricia, hier spricht Eleanor West. Würden Sie zu mir kommen – wann immer es Ihnen paßt?«

»Natürlich.« Ich bemühte mich, mir mein Erstaunen nicht anmerken zu lassen. »Würde Ihnen heute nachmittag nach Büroschluß passen?«

»Danke Ihnen«, sagte sie und legte auf.

Im Verlauf des Tages drängte sich dieser rätselhafte Telefonanruf immer wieder in meine Gedanken. Warum sollte Eleanor, die schweigsame Einsiedlerin, die selbst ihrer eigenen Familie aus dem Weg ging, mich sprechen wollen?
Als ich zum Haus hinauffuhr, kam Christine mir mit erleichtertem Lächeln entgegen.
»Ich dachte schon, als ich den Wagen hörte, es ist wieder die Polizei.«
»Die sind also auch hier aufgetaucht.«
»O ja. Haben heute vormittag stundenlang mit Gordon geredet, haben mir alle möglichen Fragen gestellt – bei manchen konnte ich mir beim besten Willen nicht vorstellen, wozu. Außerdem haben weder Gordon noch ich ein rechtes Alibi.« Sie lachte trocken auf. »In Zukunft werde ich jedesmal, wenn ich allein ausgehe oder Gordon ausgeht und ich allein zu Hause bleibe, dafür sorgen, daß wir nachweisen können, wo wir waren. Gordon war bei einer Versammlung, kann aber nicht genau angeben, wann er dort weggegangen ist; er hätte also genügend Zeit haben können, zu Keith zu fahren und ihn umzubringen. Die Kinder waren nach der Schule zu einem Kindergeburtstag eingeladen. Ich habe sie um drei Viertel neun von dort abgeholt. Für ungefähr eine Stunde habe also auch ich keinen Zeugen, der bestätigen kann, wo ich war und was ich tat. Ich glaube zwar nicht, daß sie Gordon im Verdacht haben. Aber es verursacht schon ein komisches Gefühl, wenn man absolut nicht beweisen kann, daß man es nicht getan hat.«
Ich nickte. »Ich weiß. Ich bin in der gleichen Situation. Nigel auch. Und auch Martin – er hatte sich mit einem Freund zum Squashspielen verabredet, und sie hatten für acht einen Platz gebucht. Aber Martin hatte eine Autopanne und mußte unterwegs den Reifen wechseln, deshalb kam er zu spät. Die Polizei war ganz begeistert über die Verspätung, sagte er, aber wenigstens konnte er ihnen den platten Reifen zeigen, obwohl das, wie er sagt, noch lange nichts beweist, weil ja niemand bezeugen kann, wann der Reifen geplatzt ist. Ein

paar andere in der Fabrik haben gute Alibis. Für Otto Klein, zum Beispiel, bürgt seine Frau, aber wahrscheinlich sind Alibis von einem Familienmitglied immer zweifelhaft.«
»Warum glauben die wohl, daß es jemand von der Firma war?« meinte Christine.
»Ich bin mir nicht sicher, daß sie das tun«, erwiderte ich achselzuckend. »Aber Raub war offensichtlich nicht das Tatmotiv, denn Rhelma sagte, es fehlte nichts. Und Keith hatte wenig Freunde, meint Martin, weil er wenig Kontakt zu anderen Menschen suchte. Und wenn man wenig Kontakte zu anderen hat, hat man auch wenig Gelegenheit, sich Feinde zu machen.«
»Nigel meint, Keith hat etwas gewußt über jemanden, und er sei deshalb ermordet worden.«
»Na ja, Keith hat seine Nase ja gern überall hineingesteckt. Und er hat gern Leute gereizt, um zu sehen, wie sie reagierten. Es war eine Art Unterhaltung für ihn. Aber wenn er etwas Schlimmes über jemanden wußte, warum sollte er es dem Betreffenden gesagt haben? Dafür gibt es überhaupt keine Erklärung.« Ich seufzte. »Ach, ich weiß nicht. Es ist alles schrecklich.«
»Ich frage mich«, sagte Christine langsam, »ob womöglich Rhelma der Grund war.«
»Rhelma?« Ich starrte sie an. »Sie hat ihn abgöttisch geliebt.«
»Nein, nein. Ich meine nicht, daß sie etwas damit zu tun hatte oder so. Aber sie war eine attraktive junge Frau. Angenommen, jemand war ganz wild auf sie und wußte, es war aussichtslos, weil Rhelma, solange Keith lebte, nie einen anderen anschauen würde.«
Ich sah Christine aufmerksam an.
Sie lächelte schwach. »Nein, ich versichere dir, ich habe niemanden im Verdacht. Es war nur so eine Idee. Vielleicht weil ich mir so verzweifelt wünsche, daß es nichts mit der Firma zu tun hat. Oder mit der Familie.«
»Ja«, stimmte ich zu. »Ich verstehe dich sehr gut. Und das

bringt mich zum Zweck meines Besuchs: Eleanor hat mich angerufen und gebeten, sie aufzusuchen.«
»Eleanor!« Christine machte ein betroffenes Gesicht.
»Ich weiß. Ich war genauso überrascht. Keine Ahnung, um was es sich handelt. Hat die Polizei mit ihr gesprochen?«
»O ja. Sie ist wahrscheinlich die einzige von uns, die eine Art Alibi hat: Sie hat kein Auto, und es ist reichlich unwahrscheinlich, daß sie zu Fuß von hier zur Stadt und wieder zurück gegangen ist, ohne gesehen und erkannt zu werden. Abgesehen davon kannte sie Keith Barnes überhaupt nicht und hätte daher auch gar keinen Grund gehabt, ihn umzubringen.«
Während ich zur Eingangstür von Eleanors Wohnung ging, überlegte ich, daß irgend jemand einen Grund gehabt haben mußte.
Eleanor öffnete auf mein Klopfen sofort die Tür.
»Danke, daß Sie gekommen sind«, sagte sie in ihrer merkwürdigen ausdruckslosen Art. »Bitte, setzen Sie sich.«
In diesem Teil des Hauses war ich noch nie gewesen. Das Wohnzimmer mit der kleinen Küche daneben war geräumig und mit einer Eleganz eingerichtet, die mich irgendwie überraschte. Dominiert wurde es von einem prachtvollen Konzertflügel, aufgeklappt und mit aufgeschlagenen Noten. Die ganze Wohnung war mit einer Klimaanlage versehen. Eleanor West brauchte also die Außenwelt nicht einmal durch ein geöffnetes Fenster zu sich hereinzulassen.
Sie setzte sich mir gegenüber in einen Sessel, und ich stellte plötzlich fest, daß sie zart war, aber keine Spur von Schwächlichkeit verriet. Ich fragte mich, über was sie wohl nachgrübeln mochte in allen ihren einsamen Stunden und Tagen, diese noch junge Frau, die überaus anziehend gewesen wäre, wären nicht die sonderbare starre Miene und die ausdruckslosen Augen gewesen.
»Man hat mir gesagt, Sie und die Witwe des Ermordeten seien gut befreundet«, begann sie ohne Umschweife.
»Rhelma und ich sind gute Freunde, ja«, bestätigte ich.

»Dann wäre ich Ihnen dankbar, wenn Sie mir sagen könnten, ob sie vielleicht finanzielle Unterstützung braucht, und wenn ja, auf welche Weise ich ihr diese am besten zuteil werden lassen soll.«
Der Vorschlag kam so überraschend, daß mir buchstäblich der Mund offenstehen blieb.
»Das ist sehr freundlich von Ihnen«, sagte ich nach einem Moment herzlich. »Ich bin sicher, Rhelma wird sehr gerührt sein, daß . . .«
»Sie werden ihr nichts davon sagen.« Die Worte klangen nicht schroff, es war ein schlichter Befehl. »Es geht nicht um Freundlichkeit, sondern um Verantwortung. Selbridge sorgt für seine Angestellten. Die Firma ist finanziell nicht in der Lage dazu, ich schon. Braucht die Frau Geld?«
»Ich weiß es nicht. Ich glaube, sie kommt zurecht, aber ich weiß es nicht. Sie hat nie über ihre finanzielle Situation gesprochen. Ich werde es feststellen – diskret, das verspreche ich – und Ihnen Bescheid geben.«
»Bemühen Sie sich bitte nicht, außer sie braucht wirklich Hilfe«, sagte sie kühl und erhob sich mit einer merkwürdig sparsamen Bewegung.
Die Unterredung war beendet. Gehorsam erhob ich mich ebenfalls und folgte ihr zur Tür. Dann sagte ich in einer plötzlichen Aufwallung: »Eleanor, Sie haben erklärt, Sie seien für einen Verkauf der Firma, um alles loszuwerden, was Sie an Julian West erinnert. Warum behalten Sie dann dieses Haus?«
Ich rechnete damit, daß meine dreiste Frage entweder mit einem Zornausbruch oder mit stummer, eisiger Verachtung quittiert werden würde.
Statt dessen blieb Eleanor mit dem Rücken zu mir wortlos stehen, die Hand auf dem Türknauf, und ich sah, wie sich ihre Schultern verkrampften. Das Schweigen dauerte vielleicht zwanzig Sekunden.
»Ich weiß es nicht«, sagte sie dann, und ihre Stimme klang nicht mehr ausdruckslos, sondern gepreßt vor Schmerz. »Ich weiß es nicht. Ich wünschte bei Gott, ich wüßte es.«

Fast heftig riß sie die Tür auf. Ich ging stumm hinaus. Sie sah mich nicht mehr an.
Während ich langsam durch den Garten schritt, warf ich einen Blick zurück auf das Haus. Die Frage, mit der ich eben unwillkürlich herausgeplatzt war, beschäftigte mich schon lange Zeit: Warum behielt Eleanor das Haus?
Gewiß war es unter allen Dingen doch das, was sie am meisten an Julian erinnern mußte. Als sie die Zimmer ausgewählt hatte, die in eine abgeschlossene Wohnung für sie verwandelt wurden, hatte sie ihr Schlafzimmer behalten: Genau das Zimmer, in dem er sie auf eine so scheußliche Weise hatte ermorden wollen. Alle glücklichen Erinnerungen an ihre Liebe für ihn, alle Qual über seinen Verrat waren mit diesem Zimmer, mit diesem Haus verknüpft. Selbst wenn sie fand, daß sie Gordon und Christine das Haus nicht wegnehmen durfte, solange die finanzielle Lage der Firma so prekär war – sie selbst hatte ja Geld, das Geld von Peter de Witt. Sie konnte es sich leicht leisten, Gordon das Haus zu schenken und an einen anderen Ort zu ziehen, der keine alptraumhaften Erinnerungen für sie barg.
Christine war, das rasch schwindende Tageslicht ausnützend, im Vorgarten beim Unkrautjäten. Ich hatte mich immer noch nicht an die kürzere Dämmerung in Queensland gewöhnt, wo dem Sonnenuntergang so schnell die Nacht folgte, ganz anders als die lange Dämmerung im Süden, die ich kannte. Heimlich argwöhnte ich, daß Christine sich absichtlich draußen aufhielt, um herauszukriegen, warum Eleanor mich hatte sprechen wollen.
Ich erzählte es ihr und fügte hinzu: »Christine, es geht mich nichts an, ich weiß, aber hat Eleanor jemals ihre Ehe mit Julian auflösen lassen? Das hätte sie doch tun können, nachdem er ein Jahr verschwunden war, nicht wahr? Mal abgesehen von allem anderen.«
Christine starrte mich neugierig an. »Sowohl Gordon als auch ich haben ihr dazu geraten und ihr Anwalt bestimmt ebenfalls, aber sie hat es nie getan.«

»Aha.«
»Warum fragst du?«
»Hast du dich je gefragt, warum Eleanor weiter hier in diesem Haus lebt?«
»Oft. Aber Eleanor wird das kaum erklären, falls sie es überhaupt selber weiß.«
»Ich hab sie eben gefragt. Ich hatte absolut kein Recht dazu, ich weiß. Es war einfach so ein plötzlicher Impuls. Ich dachte, sie würde wütend werden.«
»Und wurde sie es nicht?«
Ich schüttelte den Kopf. »Sie sagte bloß in einem sonderbar verzweifelten Ton: ›Ich weiß es nicht. Ich wünschte bei Gott, ich wüßte es.‹«
Über Christines nettes, gutmütiges Gesicht flog ein Schatten von Trauer. »Arme Eleanor. Sie hat diesen Schuft so sehr geliebt.«
»Ich hatte ein ganz komisches Gefühl, als ich mit ihr sprach«, sagte ich langsam. »Ich glaube, sie wartet halb und halb darauf, daß er zurückkommt. Wünscht es vielleicht im stillen.«
»Unmöglich!« Christine machte ein bestürztes Gesicht. »Doch nicht nach allem, was er ihr angetan hat. Und sie ist sich sicher darüber im klaren, daß er es nie wagen würde, zurückzukommen.«
»Bestimmt nicht. Aber ich frage mich, ob Eleanor davon so überzeugt ist wie du und ich.«
Vor Müdigkeit wie gelähmt, kroch ich an diesem Abend ins Bett. Der anfängliche Schock über den Mord und das damit verbundene überwache Gefühl waren abgeklungen und hatten bleierner Erschöpfung Platz gemacht. Martin rief an und fragte, ob er vorbeikommen sollte. Als ich zögerte, sagte er sanft: »Du bist todmüde, nicht? Du hast heute während der Arbeit ausgesehen wie ein Gespenst. Geh früh schlafen und versuch, das Ganze für eine Weile zu vergessen. Vorläufig können wir ja nichts mehr tun. Rhelma befindet sich in der Obhut ihrer Schwester, und alles übrige liegt in den Händen der Polizei.«

»Ich kann mir nicht helfen, ich zerbreche mir immer noch den Kopf darüber, ob es nicht doch irgend etwas gibt, was uns hätte auffallen müssen. Aber ich hab so viel gegrübelt, daß mir die Gedanken richtig im Kreis herumgehen. Und es stimmt, ich bin wirklich todmüde.«
»Ist doch ganz klar. Schlaf dich richtig aus. Du läßt dir die Dinge zu sehr unter die Haut gehen. Aber das macht dich ja zu dem, was du bist . . . Patricia?«
»Ja?«
»Nicht jetzt – noch nicht, aber eines Tages: Willst du mich heiraten?«
Sekundenlang hielt ich das Telefon umklammert, während von irgendwo tief in mir ein Bedürfnis, gleichzeitig zu lachen und zu weinen, zu singen und zu tanzen, wie eine Welle hervorbrach und alle Müdigkeit davonschwemmte.
»Was für ein Moment, mich das zu fragen«, erwiderte ich mit etwas zitternder Stimme: »Und was für eine Art und Weise – durchs Telefon!«
»Na ja, besser als gar nicht. Beim nächsten Mal mache ich es viel besser. Ich hatte gar nicht vor, dich in diesem Moment zu fragen – es ist mir einfach herausgerutscht. Jetzt geh und schlaf dich aus. Gute Nacht.«
Und er legte auf, ehe ich noch etwas sagen konnte.
Ich brach in Lachen aus und rief laut in die leere Wohnung hinein: »Was für ein verrückter Kerl, in den ich mich da verliebt habe!«
Während ich in der Dunkelheit dalag und das Kaleidoskop von Bildern betrachtete, die mir wirr durch den Kopf schossen, lauerte dicht unter der Oberfläche meines Bewußtseins irgend etwas, das mich beunruhigte. Ich merkte, daß ich es aus einem mir selbst nicht begreiflichen Grund am liebsten verdrängt hätte. Es war etwas, das Christine gesagt hatte. Schließlich ließ ich den Gedanken doch hochkommen.
Christine hatte gesagt, sie frage sich, ob vielleicht Rhelma der Grund für Keiths Tod gewesen war. Diese Äußerung beschäftigte mich in starkem Maße, ohne daß ich recht wußte,

warum. Hatte ich mir im Unterbewußtsein vielleicht überlegt, ob Martin sich für Rhelma interessierte? Na, darüber brauchte ich mir nun ja nicht mehr den Kopf zu zerbrechen. Ich lächelte in mich hinein, denn mir war etwas eingefallen. Martin hatte meine Antwort, ob ich ihn heiraten wollte, nicht einmal abgewartet. Vermutlich war er sich dessen bereits absolut sicher. Und mit diesem erfreulichen Gedanken schlief ich ein.

8

Wie versprochen wiederholte Martin seinen Heiratsantrag tatsächlich, viel nachdrücklicher, viel zärtlicher und mit viel mehr Einzelheiten. Und er erhielt die Antwort, die er erwartet hatte.

»Ich kann dich jetzt nicht heiraten«, sagte er. »Noch nicht. Ich will dich, ich brauche dich. Aber ich kann dich noch nicht heiraten. Zuvor muß ich noch etwas tun – etwas werden.«

Den Kopf gegen seine Schulter gelehnt, fragte ich: »Warum? Wovon redest du?«

Er holte tief Luft.

»Mein Vater war Arbeiter. Straßenarbeiter. Er hat Gräben ausgeschaufelt – buchstäblich. Sein einziges Vergnügen war es, Samstag abends stockbetrunken nach Hause zu kommen. Meine Mutter hatte ein elendes Leben. Als ich noch ganz klein war, schwor ich mir, daß ich meiner Frau mal etwas Besseres – etwas viel Besseres bieten würde. Und das werde ich. Etwas viel Besseres, als Buchhalter in anderer Leute Firma zu sein.« Er lachte. »Selbst wenn mir das die Möglichkeit gibt, die Chefin zu heiraten. Gib mir noch ein Jahr, und ich werde viel mehr sein als ein gehorsamer Buchhalter bei Selbridge.«

Ich seufzte. »Was für einen Unsinn du redest.«

»O nein. Das ist kein Unsinn. Und ich liebe dich.«

Manchmal war mir, als sei dies das einzig Normale in den Tagen nach Keiths Tod. Die Polizei erschien wiederholt in der Firma und einmal auch in meiner Wohnung und stellte alle möglichen Fragen nach Keith, nach Rhelma, nach verschiedenen Angestellten der Firma. Sie verhörte jeden aus der Fabrik, manche davon immer wieder. Oft kamen einem die Fragen völlig irrelevant vor. Sie verärgerten jeden und schienen nichts zu bringen. Irgend jemand war von der Straße ins Haus getreten – vermutlich jemand, den Keith kannte –, hatte ihn umgebracht und war wieder gegangen, ohne Spuren zu hinterlassen. Die Nachbarn hatten nichts Auffälliges gesehen oder gehört.

Rhelma erzählte mir, der Sergeant habe ihr gegenüber zugegeben, daß es ein sehr schwer aufzuklärendes Verbrechen sei.

»Und doch«, sagte Martin nachdenklich zu mir, »möchte ich wetten, daß es sich nicht um einen Mord aus heiterem Himmel handelte.«

»Wieso? Woher willst du das wissen?«

»Na, betrachte doch mal die Fakten. Die Haustür war nicht versperrt, das stimmt, also hätte theoretisch jeder hineinspazieren können. Aber das hieße, daß ein mordwütiger Irrer zufällig eines der wenigen Häuser in der Stadt erwischte, dessen Türen unversperrt waren, und Keith am Tisch antraf. Möglich, daß sich der Mörder unbemerkt von hinten an ihn hätte heranschleichen können. Aber diese verdammte Kriegsaxt, mit der er erschlagen wurde, hing in einer Halterung an der Wand. Keith hätte jeden sehen müssen, der sie herunternahm. Ich habe Nigel danach gefragt, nach dem Standort des Rollstuhls, und die Polizei vermutlich auch. Und wenn Keith gerade etwas schrieb, wo ist das hingekommen? Offenbar hat der Mörder es mitgenommen. Und Keith muß etwas gelesen oder geschrieben haben, sonst hätte er kaum an dem Tisch gesessen. Was es auch war, es muß etwas gewesen sein, das der Mörder haben wollte, vielleicht weil es ihn belastete.«

»Oder sie«, ergänzte ich automatisch.
Martin blickte mich scharf an.
»Oder sie«, stimmte er zu. »Was ich damit sagen will, ist: Obwohl es auf den ersten Blick wie ein sinnloser Mord aussieht, deuten die Indizien darauf hin, daß es ein Motiv dafür gegeben haben muß. Wenn die Polizei dieses Motiv finden könnte, wäre auch die Chance viel größer, den Mörder zu finden. In einem solchen Fall, wo der Täter keine Spuren hinterlassen und keinen Fehler gemacht hat, ist die Chance, ihn zu finden, ohne daß man das Motiv kennt, nicht gerade hoch, um es gelinde auszudrücken.«
»Willst du damit sagen, sie könnten den Mörder vielleicht niemals finden? Aber das ist ja furchtbar!«
»Das ist schon oft genug passiert.«
Mir war manchmal, als würde auch Rhelma seine Vermutung teilen. Es war ganz natürlich, daß sie tief erschüttert wirkte. Aber als die Tage zu Wochen wurden, schien sie einen sonderbaren Wesenszug zu entwickeln, der nicht allein durch den Schmerz über ihren Verlust zu erklären war. Sie schien irgendwie wachsam.
Ich konnte kein anderes Wort dafür finden. Sie schien zu glauben, daß Keiths Mörder jemand war, den sie kannte und den sie, wenn sie nur genug aufpaßte, vielleicht ertappen könnte. Bestürzt malte ich mir aus, wie das für sie sein mußte: Zusätzlich zu all ihrem Kummer lebte sie mit der Vorstellung, daß vielleicht irgendeine Hand, die ihr mit anteilnehmenden Worten entgegengestreckt wurde, die Axt gehalten hatte, welche Keiths Leben ein Ende setzte.
Mich selbst schien sie nicht im Verdacht zu haben, aber selbst das konnte ich nicht wirklich wissen, und das verlieh meinem Zusammensein mit ihr einen merkwürdigen Beigeschmack. Sie war freilich immer froh, mich zu sehen, und nach ein paar Wochen nahmen wir sogar unsere gemeinsamen Ausritte wieder auf, vor allem wenn Martin zum Fischen oder an irgendeinen Strand mit seinem Surfbrett unterwegs war. Im übrigen hatte Rhelma auf meine behutsame

Frage mitgeteilt, daß sie finanziell gut zurechtkomme, so daß ich keinen Anlaß hatte, nochmals mit Eleanor zu sprechen.
Weihnachten und Neujahr vergingen in etwas bedrückter Stimmung, obwohl Gordon und Christine beides um der Kinder willen so festlich wie möglich begingen.
Ich erinnere mich, es war ein feuchtheißer Tag Mitte Januar, der blaue Himmel voll hochaufgetürmter Kumuluswolken, die den Beginn der Regenzeit ankündigten, als ich unter der Post, die ich gewohnheitsmäßig auf Gordons Schreibtisch legte, einen Brief aus Neuseeland bemerkte.
Einige Zeit später brachte Gordon mir das Schreiben.
»Das ist interessant, Patricia.« Seine Stimme klang freudig erregt. »Möglicherweise eine echte Chance, unseren Markt zu erweitern.«
Der Brief stammte von einem Möbelhändler aus Auckland, bekundete Interesse an Selbridge-Möbeln – »in Beantwortung des Schreibens von Ihrem Verkaufsleiter« – und erklärte, die Firma, mit Zweiggeschäften in vier größeren Städten Neuseelands, sei interessiert an näheren Einzelheiten.
Ich blickte zu Gordon auf.
»Wußtest du, daß Martin diese Firma angeschrieben hatte?«
»Er hat mit mir vor einiger Zeit über die Aussichten auf dem neuseeländischen Markt gesprochen. Ich gab ihm die Adresse von zwei oder drei Möbelfirmen, habe mir aber eigentlich nicht viel davon versprochen. Wir müssen uns zusammensetzen, sobald Nigel und Martin da sind, und besprechen, wie wir am besten vorgehen sollen.«
Zu meiner Überraschung kamen sie alle überein, daß sich hier ein persönlicher Besuch lohnen würde, obgleich Nigel etwas weniger begeistert davon schien als Gordon und Martin. Es schien mir eine beträchtliche Ausgabe für eine ums Überleben kämpfende Firma, wenn ich auch die Vorteile des Plans durchaus sehen konnte.
»Es ist eine Chance, unseren Absatzmarkt zu erweitern«, meinte Gordon, »und dafür lohnt sich die Ausgabe von ein paar hundert Dollar unbedingt. Du bist unser Verkaufsleiter,

Martin, du hast die ersten Kontakte geknüpft, also schlage ich vor, daß du hinfährst.«
»Nigel ist der Designer«, entgegnete Martin. »Wenn diese Leute irgendwelche Ideen bezüglich besonderer Designs haben sollten, kann er das besser besprechen als jeder andere. Wie steht's denn mit den Entwürfen für unsere zwei neuen Programme, Nigel?«
Nigel schaute mich mit seinem trägen Lächeln an. »Bei dem ultramodernen Kram hat Patricia mich beraten. Allerdings hat ihr Rat hauptsächlich darin bestanden, die Entwürfe zu verbrennen; aber gebt mir noch eine Woche, dann könnte ich vielleicht sogar sie überzeugen. Im Ernst, sie hat mir ein paar sehr gute, konstruktive Ratschläge gegeben. Sie besitzt ein natürliches Flair für Möbeldesign.«
Ich zog die Augenbrauen hoch. »Davon hast du mir gegenüber nichts erwähnt, um es mal milde auszudrücken.«
Wir hatten nämlich seit einigen Wochen Wortgefechte über seine neuen Entwürfe geführt, wobei wir uns fast ständig gegenseitig mit Beschimpfungen überhäuften, freilich ohne eine Spur von Groll, das mußte ich zugeben. Ich hatte seine sonderbaren ultrastromlinienförmigen Stühle, Sofas und Tische, die mir besser in einen Science-fiction-Film zu passen schienen, anfangs für meinen Geschmack zu verrückt gefunden. Aber ihre nüchternen, klaren Linien fingen allmählich an, mir zu gefallen, und ich mußte zugeben, der Stuhl, den er als sogenannten Prototyp fabriziert hatte, war bemerkenswert bequem.
Das andere neue Programm, welches er entwickelt hatte, entsprach, wie er sagte, einem rustikalen Stil, wie es ihn nie gegeben hatte, aber hätte geben sollen. Seine Entwürfe wirkten ländlich, massig und robust, sie beschworen ein Bild herauf von Pfeifenrauch, von einem Feuer im Kamin und von zottigen Hunden, die davor auf dem Teppich schliefen, von Geborgenheit und Wärme inmitten einer unfreundlichen, kalten Außenwelt. Die Möbel paßten gewiß nicht in einen eleganten Salon, aber mir gefielen sie – und auch sie besaßen

jenen körpergerechten Sitzkomfort, den ich als eigentliches Markenzeichen der Selbridge-Möbel zu erkennen gelernt hatte.

»Wenn ich dir gesagt hätte, du habest Talent für Design, hättest du mich weggeschubst und mein Zeichenbrett annektiert«, spöttelte Nigel. »Jedenfalls, wenn nichts Dringendes dazwischenkommt, könnte ich innerhalb einer Woche diese Entwürfe fertigmachen und ein paar Musterstücke herstellen lassen, um Fotos davon unserem Angebot an diesen Mann in Auckland beizulegen.«

»Gut«, sagte Gordon fest. »Ich werde ihm schreiben, daß du in einer Woche dort bist.«

Aber am Tag vor seiner geplanten Abreise erkrankte Nigel an einer heftigen Grippe.

»Jetzt mußt doch du fahren, Martin«, erklärte Gordon.

»Verzeih«, sagte Martin mit schuldbewußter Miene. »Ob du es glaubst oder nicht, mein Paß ist abgelaufen.« Er sah mich an. »Wie wär's, Patricia? Du hast doch einen gültigen Paß, nicht wahr? Ich erinnere mich, daß du mir erzählt hast, du seist vor einem halben Jahr in Neuseeland gewesen.«

»Ja, das schon, aber wie könnte ich? Ich bin ein absoluter Neuling im Möbelgeschäft.«

»Du hast für die Einhaltung der Import-Export-Vorschriften und Zollbestimmungen gesorgt und außerdem ständig mit Nigel über seine Entwürfe debattiert, also mußt du doch inzwischen eine Menge darüber wissen. Und ich glaube, er hat recht, du hast ein angeborenes Gespür für gute Möbel.«

»Genau. Die ideale Wahl. Außerdem bist du genau die Richtige, einen hartgesottenen Geschäftsmann zu bezirzen.« Gordon zwinkerte mir zu.

»Danke«, erwiderte ich trocken. »Ich habe in meinem Leben noch nie etwas verkauft.«

»Gordon hat recht«, erklärte Martin bestimmt. »Du hast wahrscheinlich eine bessere Chance als jeder von uns. Na, dann steh hier nicht so rum, Mädchen.« Er grinste. »Du hast noch viel zu tun, bevor du morgen ins Flugzeug steigst.«

»Kann man wohl sagen«, gab ich vorwurfsvoll zurück.
Martin lachte. »Dir fehlt eben jeder Sinn fürs Abenteuer, das ist es. Na, jedenfalls weiß ich, daß Nigel schon alles vorbereitet hat. Er hat eine ganze Aktentasche voll von Entwürfen, Fotos, Stoffmustern und was weiß ich noch alles.«
Rhelma erbot sich, mich zum Flughafen zu fahren. Sie holte mich vor meiner Wohnung ab, und wir fuhren bei der Fabrik vorbei, um Nigels Aktentasche mitzunehmen, die man mir vorher nicht hatte mitgeben können, weil Gordon noch an einigen letzten Kostenaufstellungen für die neuen Programme gearbeitet hatte. Als ich zum Auto zurückeilte, rief Otto Klein mir durch die Tür der Polsterei nach: »Viel Glück, Miss Kent!«
Ich drehte mich um und winkte und verfing mich dabei mit dem Fuß in einem Schlauch, der quer über dem Weg lag. Ich stolperte und erinnerte mich gleichzeitig voll Schrecken, daß einige der Ziersträucher neben dem Weg von spitzen Eisenstangen gestützt waren. Instiktiv streckte ich die Hände aus, um nicht auf eine von diesen Stangen zu fallen. Gottlob passierte weiter nichts, als daß ich mit der Unterseite von Nigels Aktentasche an einer Stange hängenblieb, ehe ich mein Gleichgewicht wiedererlangte. Aber irgendwie faßte ich dieses winzige Mißgeschick als schlechtes Omen für meine Reise auf.
»Hast du dir weh getan?« fragte Rhelma, als ich ins Auto stieg. »Du hättest dir an dieser Eisenstange die Hände schlimm aufreißen können.«
»Ist nichts passiert. Wirklich zu dumm – so was Ungeschicktes!« Ich lachte, denn ich wollte auf keinen Fall, daß Rhelma etwas von meiner pessimistischen Vorahnung mitbekam. Sie hatte genügend andere Sorgen, da brauchte ich sie nicht auch noch mit meinen Einbildungen zu belasten.
Aber der Flug verlief angenehm, und ich verbrachte die meiste Zeit damit, meine Unterlagen zu studieren. Das Interesse daran nahm mich allmählich ganz gefangen, und als die Maschine bei klarem blauem Himmel in Auckland landete, hatte

sich meine Stimmung erheblich gebessert. Als ich am nächsten Morgen mein Hotel verließ, um unseren zukünftigen Kunden aufzusuchen, war ich sogar, wenn auch nicht direkt optimistisch, so doch finster entschlossen, für die Firma zu tun, was in meinen Kräften stand.
Meine Unterredung fand mit dem Generaldirektor der Möbelhandelskette statt, einem großen, korpulenten Mann mit durchdringenden Augen, dem anscheinend die Fähigkeit zu lächeln fehlte, obgleich er über die Maßen höflich war und mich sogar in ein reizendes kleines Lokal zum Kaffee einlud. Er erklärte, er müsse die Sache mit seinem Verkaufsleiter besprechen und sie brauchten beide mehr Zeit, um sich die Unterlagen genau anzusehen, daher bäte er mich, am nächsten Tag noch einmal zu kommen. Das versprach ich ihm gerne.
Und tatsächlich, am folgenden Tag übergab er mir zu meinem Erstaunen einen recht umfangreichen Auftrag.
»Sie werden verstehen«, sagte er, »daß es sich hierbei um einen Probeauftrag handelt. Wir müssen testen, wie der Markt reagiert. Und wir haben gewisse Bedingungen gestellt – denen, wie ich hoffe, Ihre Firma zustimmen wird –, daß nämlich bestimmte Programme in diesem Land exklusiv an uns geliefert werden.«
»Ich glaube nicht, daß es da Probleme geben wird«, entgegnete ich. »Selbridge stellt ja nicht unbedingt Massenprodukte her.«
»Eben. Allerdings scheint es mir fair, Sie darauf hinzuweisen, daß hier Mitte des Jahres eine Möbelmesse stattfinden wird. Ich kann Sie mit einigen der Organisatoren bekannt machen, wenn Sie noch Zeit haben. Vielleicht erwägt Ihre Firma, auf der Messe auszustellen.«
Ich dankte ihm und empfand dabei Gewissensbisse wegen meines anfänglichen Urteils über den Mann. Als ich mit dem Probeauftrag sowie einer Einladung der Organisatoren zu der kommenden Möbelmesse in der Tasche am nächsten Tag nach Hause flog, da befand ich mich in einer Stim-

mung, die in krassem Gegensatz zu meinen pessimistischen Vorahnungen bei der Abreise stand.
Die Sonne schien, als das Flugzeug von Auckland abhob, aber schon auf halbem Weg über die Tasman-See hatten wir eine dicke Wolkendecke unter uns. Wir landeten in Brisbane bei strömendem Regen. Martin holte mich ab. Sein Enthusiasmus kannte keine Grenzen, als ich ihm bei einer Tasse Kaffee am Flughafen vom Ergebnis meiner Reise berichtete. Während der Heimfahrt überschüttete er mich förmlich mit Fragen.
»Du hättest doch anrufen können«, beschwerte er sich. »Alle saßen wir wie auf Kohlen. Gordon kriegte fast einen Nervenzusammenbruch, glaube ich. Ganz zu schweigen von mir, der ich mir praktisch ein Magengeschwür angesorgt habe.«
Nigel schien als einziger in der Firma nicht ganz so entzückt. Christine und Rachel waren ins Büro gekommen, um meinen Bericht über das Ergebnis meiner Reise zu hören. Nigel saß schweigend da, während ich erzählte und alles mich unter allgemeinen Bekundungen der Zufriedenheit und Begeisterung mit Fragen bestürmte. Als ich endlich Gelegenheit fand, mit Nigel unter vier Augen zu sprechen, fragte ich: »Bist du nicht zufrieden?«
»Natürlich.«
»Du scheinst mir aber nicht sonderlich begeistert. Findest du nicht, daß das ein ganz wichtiger Durchbruch ist – Selbridges erster Auslandsauftrag? Bestimmt ist das doch ein erster wirklicher Schritt zur Konsolidierung der Firma?«
Er blickte mich einige Sekunden lang ruhig, fast forschend an. Dann lächelte er.
»Entschuldige, daß ich mich nicht so optimistisch angehört habe. Schreib's meiner eben überstandenen Grippe zu. Ja, natürlich klingt das alles sehr gut für Selbridge. Du hast prima Arbeit geleistet. Aber – es ist eben erst ein Anfang. Hoffen wir, daß es gutgeht.«
»Warum nicht?« beharrte ich. »Wir machen immerhin gute Möbel, nicht wahr?«

»Sicher«, erwiderte er. »Sehr gute.«
Und dann kam Martin herüber mit irgendeiner spaßigen Frage über das Wetter in Neuseeland, und ich hatte keine Gelegenheit mehr, mich zu wundern, ob irgend etwas an dem Auftrag Nigel Kopfzerbrechen bereitete. Jedenfalls hatte er ziemlich klar zum Ausdruck gebracht, daß er nicht darüber sprechen wollte.
»Das Wetter in Neuseeland war phantastisch, verglichen mit dem hier«, sagte ich zu Martin und deutete mit dem Kopf zum Fenster, wo der Regen an den Scheiben herunterlief. »Seit wann ist es denn schon so?«
»Erst seit gestern. Aber wir haben jetzt Regenzeit, weißt du, also können wir bis Ende März mit viel von dieser Sorte rechnen.«
»Na, großartig«, seufzte ich. »Jemand hätte mir das sagen sollen, ehe ich von Victoria wegging. Zum Glück ist dieser Regen wenigstens warm. Aber, du lieber Gott, schau dir das an! Bis Ende März, sagst du? Es sieht so aus, als wollte es bis dahin tatsächlich durchregnen.«
In Wirklichkeit hörte der Regen am Samstag morgen auf, die Sonne kam hervor und verbreitete eine feuchte, dampfende Hitze. Christine und Gordon hatten mich am Vorabend zum Essen eingeladen, und da es so stark regnete, hatte Christine darauf bestanden, daß ich über Nacht blieb, statt allein in der Dunkelheit zurückzufahren. Wir setzten uns gerade zum Frühstück, als Wendy und Ken, die schon frühmorgens hinausgelaufen waren, um die Pferde zu füttern, aufgeregt hereingestürzt kamen.
»Mum und Dad, kommt und schaut! Im Garten auf der Seite ist ein großes Loch im Boden.«
Gordon seufzte. »Haben die Beuteldachse wieder den Rasen umgegraben? Ich mißgönne es ihnen ja gar nicht, daß sie im Garten nach Käfern scharren, aber ich wünschte, sie täten es nicht mit ganz so viel Begeisterung!«
»Nein, Dad«, verbesserte Wendy mit der Nachsicht einer Zehnjährigen, die Erwachsenen etwas völlig Selbstverständ-

liches erklärt. »Keine Dachse. Ein Riesenloch! Der ganze Boden ist eingefallen. Es geht bis hinten zum Seitenzaun.«
»Man könnte ein Auto hineintun«, ergänzte Ken. »Oder beinahe.«
Gordon zog die Augenbrauen hoch. »Na, dann schauen wir vielleicht besser mal nach.«
Tatsächlich hatte sich unmittelbar außerhalb von Eleanors Schlafzimmer ein beträchtlicher Erdrutsch ereignet.
»Ist ja allerhand!« rief Gordon. »Das muß der alte Keller sein.« Er wandte sich zu mir. »Die ursprünglichen Besitzer des Hauses hatten versucht, hier eine Weinkellerei aufzuziehen. In einem Schuppen dort neben dem Zaun hatten sie eine Weinpresse mit einem Keller von der Küche bis zum Schuppen hin. Natürlich wurde nichts aus dem Projekt, weil weder das Klima noch der Boden hier für den Weinanbau taugen – vor allem das Klima nicht.«
»Ja«, bestätigte ich. »Ich erinnere mich, daß mir die Kinder, als ich zum ersten Mal hier war, von dem Weinkeller erzählt haben.«
»Das ist natürlich schon lange her«, fuhr Gordon fort, »aber mein Vater konnte sich aus seiner Kindheit noch daran erinnern.«
»Julian ließ den alten Keller zuschütten, als er und Eleanor heirateten und das Haus umgebaut wurde«, erklärte Christine. »Ich weiß noch, wie er und Eleanor damals darüber gesprochen haben. Der Keller war seit vielen Jahren nicht mehr benutzt worden und baufällig, daher beschlossen sie, ihn zuzuschütten.«
Gordon stocherte mit der Schuhspitze in der lockeren Erde am Rand der Grube.
»Mag sein, daß Julian und Eleanor das angeordnet haben«, sagte er. »Aber vergiß nicht, daß der Bauunternehmer, der die Hausrenovierung übernommen hatte, die Arbeiten während der zwei oder drei Monate durchführte, die Julian und Eleanor auf Hochzeitsreise im Ausland waren. Offensichtlich haben die Arbeiter gefunden, es lohne nicht der Mühe,

ein Loch im Boden aufzufüllen, das wowieso niemand stören würde. Die dachten wahrscheinlich, wenn man die Eingänge an beiden Enden mit Brettern vernagelte, wäre das vollkommen sicher und kein Mensch würde jemals merken, daß sie nicht getan hatten, wofür sie bezahlt worden waren. Erst die ungewöhnlich schweren Regenfälle der letzten paar Tage waren zuviel für den alten Keller.«

»Man stelle sich bloß vor«, jammerte Ken. »Die ganze Zeit war der da, und wir haben nichts davon gewußt. Was wäre das für ein prima Platz zum Spielen gewesen.«

»Bis auf die Tatsache, daß ihr nicht hineinkonntet«, entgegnete Gordon. »Außerdem wäre es auch viel zu gefährlich gewesen. Übrigens«, fügte er zu Christine gewandt hinzu, »mußte damals, als die Überreste des alten Schuppens weggebaggert wurden, auch schon eine gewisse Menge Erde aufgeschüttet werden – und das war gleichfalls nach einem sehr starken Regen. Das hätte uns sagen sollen, daß die Auffüllungsarbeiten nicht sehr gründlich gemacht worden waren.«

»In der Zeit hatten wir alle eine Menge anderer Dinge im Kopf«, bemerkte Christine und erklärte dann zu mir gewandt: »Der Schuppen, wo die alte Weinpresse gestanden hatte, wurde nämlich vom Sturm niedergerissen, und zwar in der Nacht des Brandes, der Eleanor beinahe das Leben gekostet hat.«

Wir alle blickten instinktiv zu der Tür von Eleanors Wohnung, und wie auf ein verabredetes Zeichen hin ging diese Tür plötzlich auf, und Eleanor kam heraus.

»Was gibt's?« fragte sie und erblickte dann den Erdrutsch. »Oh!«

Gordon erklärte, wie es nach seiner Meinung geschehen war. »Ich glaube, wir sollten Nigel bitten, sich das anzuschauen«, fügte er hinzu. »Ich könnte mir nämlich denken, daß es Schäden an den Grundmauern gegeben hat, vor allem auf deiner Seite. Nigel ist Architekt. Er wird wissen, wie wir das am besten reparieren lassen.«

Eleanor nickte kurz. »Wie du meinst«, sagte sie und verschwand wieder in ihrer Wohnung.
Nigel kam etwa eine Stunde später und war ebenfalls der Meinung, daß man den Keller nie richtig aufgefüllt hatte. »Seht«, sagte er mit ausgestreckter Hand, »man kann noch Teile der Holzverschalung an den Wänden und der Decke erkennen. Vielleicht haben die einfach an beiden Seiten etwas Erde reingekippt und den Rest so gelassen. Ich halte es für eine gute Idee, den ganzen Keller auszubaggern, damit er nachher ordentlich aufgefüllt werden kann und vor allem, damit ich mir die Grundmauern des Hauses gründlich anschauen kann. Ich rufe mal eben einen Mann an, den ich kenne; ich glaube, der würde es machen, auch wenn Samstag ist.«
Der Arbeiter versprach, sofort zu kommen, und ich blieb, um bei dem Unternehmen zuzuschauen. Wendy und Ken waren leicht betrübt, daß sie sich mit ein paar Schulfreunden zum Schwimmen verabredet hatten, aber angesichts der schwülen Hitze und der langweiligen Warterei auf den Mann mit dem Bagger schien ihnen ein Badeausflug schließlich doch verlockender, und sie zogen ab.
Nigel blieb da, um das Ausbaggern zu überwachen, denn das mußte sehr sorgfältig geschehen, wie er erklärte, da man nicht vorhersagen konnte, in welchem Zustand sich das Mauerwerk befand, wo früher der Eingang zum Haus gewesen war.
Gordon war in die Stadt gefahren, und Christine hatte im Haus zu tun. Zu meiner Überraschung kam Eleanor heraus, um zuzusehen, wie die Baggerschaufel geschickt Erdreich, Holzbalken und Stücke der Blechabdeckung, mit der der Keller regendicht gemacht worden war, herausbeförderte. Sehr schnell wurde klar, daß sich der Kellerraum, abgesehen von dem Teil an der Schuppenseite, wo er nach jenem Sturm ordentlich aufgeschüttet worden war, in erstaunlich gutem Zustand befand.
Teile davon waren nicht einmal eingestürzt, obwohl sich in

der Nähe des Hauses Spuren eines augenscheinlich schon älteren Erdrutsches fanden. Doch zwischen diesem und dem Erdrutsch der vergangenen Nacht war der Keller praktisch unversehrt, Wände und Decke völlig intakt, selbst die Fußbodenfliesen fast unbeschädigt. Hier war in der Tat nie aufgeschüttet worden. Ich drehte mich zu Eleanor um.
»Ich versteh das nicht. Ich dachte, Gordon sagte, der Hauseingang vom Keller führte in die Küche. Aber die Küche liegt doch auf der anderen Seite des Hauses.«
»Nein«, erwiderte Eleanor kurz. »Das Haus wurde völlig umgebaut, nachdem ich es gekauft hatte. Was ursprünglich die Küche gewesen war, wurde Schlafzimmer – mein Schlafzimmer jetzt. Was das für ein Kellereingang war, habe ich nie gesehen – eine Falltür, nehme ich an.«
Ich betrachtete das Haus.
»Das denke ich auch, denn eine richtige Tür hätte ja auf irgendeine Art Treppenabsatz in einem Mauervorsprung führen müssen, und so was gibt es –«
Der Baggerführer stieß einen lauten Ruf aus, hielt seine Maschine an und sprang auf den Boden, während er entgeistert in die Grube starrte, wo er gerade ein Stück der Decke entfernt hatte.
»Was ist los?« rief Nigel.
Der Baggerführer sah ihn bestürzt an.
»Halten Sie lieber die Damen fern«, warnte er.
Aber neben mir hörte ich Eleanor bereits gepreßt Luft holen, als wir beide sahen, was sich auf dem Kellerboden befand.
Ein Skelett lag da, mit dem Gesicht nach unten, noch in ein paar Kleiderfetzen gehüllt: Reste einer Windjacke, ein Ledergürtel, Schuhe – alles vermodert und zerfallen. Um das linke Handgelenk schloß sich noch ein Uhrenarmband; an einem Finger der linken Hand glänzte matt ein goldener Ring; neben dem anderen, weit ausgestreckten Arm lag eine Taschenlampe. Es gab keinen Zweifel, wie der Mann gestorben war: Ein schwerer Balken lag quer über seinem zerschmetterten Schädel.

Nigel sprang in die Grube, die an die drei Meter tief war, fast als fühlte er den Drang zu helfen, selbst wenn diese Hilfe um Jahre zu spät kam. Zögernd kniete er sich neben dem Toten hin und starrte schweigend auf ihn nieder. Dann nahm er behutsam – fast ehrfürchtig, fand ich – etwas neben dem Skelett vom Boden auf und steckte es in die Tasche. Danach erhob er sich und blieb regungslos stehen, die Augen unverwandt auf den Toten gerichtet.
Bestürzt und ohne etwas zu begreifen, wandte ich mich zu Eleanor: »Wer um alles in der Welt –« Ein Blick in ihr Gesicht und ich verstummte.
Es war kein Entsetzen in ihrem Gesicht, als sie auf den Toten hinabblickte, nur ein sonderbarer Ausdruck des Staunens, obgleich sie kreideweiß geworden war. »Julian«, flüsterte sie. »Julian. Möge Gott mir vergeben.«

9

»Julian!« stieß ich vor Schreck unwillkürlich hervor und starrte zu Nigel hinunter.
Er begegnete meinem Blick und nickte.
Instinktiv ging ich zu Eleanor und legte die Arme um sie. »Kommen Sie mit hinein«, sagte ich.
Sie ließ es geschehen, daß ich sie beim Arm nahm und ins Haus führte. Ich setzte sie auf das kleine Sofa in ihrem Wohnzimmer und rückte neben sie. Als ich meine Hand auf die ihre legte, drehte sie sich zu mir um, lehnte das Gesicht gegen meine Schulter und begann zu weinen, ein schluchzendes Weinen, das ihren ganzen Körper erschütterte, als brächen nun all die bitteren ungeweinten Tränen der letzten zweieinhalb Jahre hervor. Ich hielt sie einfach wortlos umarmt, während mir tausend Fragen durch den Kopf gingen, aber die waren alle nebensächlich angesichts des Trostbedürfnisses dieser Frau. Mochten auch meine Tröstungs-

versuche wenig fruchten, vielleicht verschaffte ihr dieser Tränenausbruch ein bißchen Erleichterung.
Mit versteinertem Gesicht erschien endlich Nigel in der Tür.
»Wie geht's ihr?«
Ich nickte beruhigend.
»Ich rufe die Polizei«, sagte er leise und ging wieder fort.
Christine kam ein paar Minuten später, ein bißchen blaß, aber gefaßt, mit einem Glas in der Hand.
»Nigel hat's mir eben gesagt«, murmelte sie und wartete dann wie ich schweigend, daß Eleanors stürmisches Schluchzen verstummte.
Endlich schöpfte sie tief Luft und setzte sich auf, während sie für einige Minuten das Gesicht mit den Händen bedeckt hielt.
»Ich hab dir ein Glas Kognak gebracht«, sagte Christine sanft. »Ich glaube, du trinkst besser einen Schluck.«
Eleanor nahm das Glas mit zitternden Fingern, aber auf ihrem Gesicht lag der Ausdruck eines Menschen, der aus einem Alptraum erwacht ist und Frieden gefunden hat.
Weder Christine noch ich sprachen, während sie langsam ihren Kognak trank. Dann stellte sie das Glas auf einen Nebentisch und blickte uns der Reihe nach an.
»Wo ist Nigel?«
»Er ist gegangen, um die Polizei zu rufen«, antwortete Christine. »Es wird alle möglichen Formalitäten geben, fürchte ich.«
»Ja, natürlich.« Eleanor nickte.
»Ich versteh das einfach nicht«, sagte ich langsam. »Verzeihen Sie, Sie möchten sicher nicht gern darüber sprechen.«
Sie schüttelte den Kopf und schaute mich mit einem schwachen Lächeln an.
»Doch, ich möchte darüber sprechen. Ich möchte es am liebsten der ganzen Welt erzählen!«
Ich muß sie verwirrt angestarrt haben.
»Verstehen Sie denn nicht?« fuhr sie erregt fort. »Julian wollte mich überhaupt nicht umbringen. Der Brand, die Schlaftabletten – das war alles ein Versehen, wie ich von Anfang an

gesagt hatte. Ich muß eine höhere Dosis des Schlafmittels eingenommen haben, denn ich fühlte mich nicht wohl und schlief immer so schlecht, wenn Julian nicht da war. In meinem Dämmerzustand muß ich dann vergessen haben, daß ich das Mittel schon genommen hatte, und nahm nochmals eine Dosis ein. Gewöhnlich rauchte ich vor dem Zubettgehen noch eine Zigarette. Halb betäubt durch die doppelte Dosis des Schlafmittels, habe ich dann offenbar den Aschenbecher mit dem noch brennenden Zigarettenstummel versehentlich in den Papierkorb gestoßen. Und mit der angeblich verschlossenen Tür hat sich Mrs. Marsh ganz einfach geirrt. Die Tür klemmte manchmal bei feuchtem Wetter, und Mrs. Marsh verlor den Kopf.« Eleanor hielt eine Weile inne und starrte in die Ferne, als sähe sie das damalige Geschehen leibhaftig vor sich.

»Er muß sich zeitig auf den Rückweg gemacht haben, als er die Freunde, die er besuchen wollte, nicht antraf. Gewiß sah er schon von der Einfahrt her den Feuerschein hinter den Fensterscheiben und wußte, daß es mein Zimmer – unser Schlafzimmer war. Gewiß hörte er auch bereits Mrs. Marsh schreien, daß die Tür versperrt sei und sich nicht öffnen lasse. Eine dieser Türen aufzubrechen ist sehr schwierig; sie sind aus massiver Eiche und haben besonders schwere Schlösser. Er muß sich also sofort zu dem Versuch entschlossen haben, durch den alten Keller in mein Zimmer zu gelangen. Anscheinend hatte er schon früher festgestellt, daß dieser nicht aufgeschüttet worden war, und nur nichts davon erwähnt, aus Angst, die Kinder würden, wenn sie auf Besuch kämen, hineinzukriechen versuchen. Das war ja von Anfang an der Hauptgrund, warum er den Keller auffüllen lassen wollte – die Befürchtung, daß Kinder sich eines Tages hineinwagen und unter einstürzendem Erdreich begraben werden könnten.«

Unterdessen war Nigel leise hereingekommen. Eleanor schien ihn nicht zu bemerken. Sie war viel zu sehr beschäftigt mit ihren eigenen Gedanken.

»Er war bereit, einen Erdrutsch zu riskieren, um mich aus den Flammen zu retten. Fast hatte er schon das Haus erreicht, als der Balken herabfiel und ihn erschlug. Und ich habe die ganze Zeit geglaubt, er wollte mich umbringen!«
Ihre Augen verdunkelten sich vor Schmerz.
»Wir alle haben ihn falsch verurteilt«, wandte Christine ein. »Mach dir keine Vorwürfe.«
»Aber er war mein Mann. Er war – Julian. Ich hätte es wissen müssen. Ich hätte es von Anfang an wissen müssen.«
Nigel legte ihr den Arm um die Schultern.
»Du hast nur geglaubt, was du nach logischer Überlegung glauben mußtest«, sagte er. »Du hast die scheinbar unwiderlegten Tatsachen akzeptiert. Julian würde dir das niemals übelnehmen.«
Sie sah ihn dankbar lächelnd an.
»Ich weiß. Und dabei war er die ganze Zeit – dort.« Sie warf einen Blick in den Garten. »Nigel, es ging doch – schnell, nicht wahr?«
Er nickte. »Sofort. Er wird kaum etwas gespürt haben.« Er zögerte. »Ich mußte die Polizei verständigen, Eleanor. Sie werden in ein paar Minuten hier sein. Tut mir leid, aber es ging nicht anders. Es wird eine Menge Formalitäten geben, fürchte ich, und einen Ansturm von Neugierigen, Presse und so fort. Wir werden versuchen, sie dir so gut wie möglich fernzuhalten.«
Sie schüttelte den Kopf. »Ist schon gut. Mir macht das nichts aus. Ich werde mit jedem reden, der hingeht und . . .« Ihre Stimme zitterte, aber sie hatte sich schnell in der Gewalt. ». . . und aller Welt verkünden, daß mein Mann kein Mörder war, sondern ein tapferer Mensch. Er wollte mich nicht umbringen, im Gegenteil, er gab sein Leben beim Versuch, mich zu retten.«
Wir alle blieben stumm. Ich weiß nicht, woran die anderen dachten, ich aber dachte an Tante Agnes und an das Hochzeitsfoto von dem blauäugigen Mann mit dem hübschen, lachenden Gesicht und Eleanor, strahlend vor Glück, in seinen

Armen. Am Ende behielten Eleanor und Tante Agnes nun doch recht.
Die Polizei kam und gleich danach ein Ambulanzwagen. Die Polizei stellte Eleanor nicht viele Fragen, sondern begnügte sich damit, Vermessungen und Fotos zu machen, ehe die Männer von der Ambulanz in den Keller hinunterstiegen und die Überreste bargen.
Christine und ich blieben bei Eleanor. Als die Ambulanz abgefahren war, kamen zwei Kriminalbeamte und zwei Polizisten in Uniform an die Tür. Einer von ihnen war Sergeant Cunningham, der die Ermittlungen bei dem Mord an Keith Barnes geführt hatte.
»Tut mir sehr leid, Sie zu stören, Mrs. West«, sagte er zu Eleanor. »Aber ich muß Sie fragen, ob Sie wissen, wo sich der Kellereingang in Ihrem Zimmer befindet. Wenn Ihnen unser Herumstöbern heute zuviel wird, können wir auch morgen wiederkommen.«
»Schon gut, Sergeant«, erwiderte Eleanor. »Ich weiß nicht, wo die Tür ist oder ob sie überhaupt noch existiert. Offenbar hat mein Mann darüber Bescheid gewußt oder es mindestens gehofft und nur nichts davon erwähnt aus Gründen, über die wir eben gesprochen haben.« Sie lächelte. »Vielleicht hatte er gar Angst, ich würde selbst auf Entdeckungsreise gehen, und wahrscheinlich hatte er damit gar nicht so unrecht. Sie sollten unbedingt versuchen, die Tür zu finden. Es würde mich selbst interessieren, wo sie ist.«
Eleanors Schlafzimmer war ein sehr großer Raum. Von dem Fenster, dessen Vorhänge durch den brennenden Papierkorb in Brand gesetzt worden waren, hatte man das Schutzgitter entfernt. Der Fußboden war mit einem Teppich ausgelegt, ebenso das Ankleidezimmer und der begehbare Kleiderschrank.
Nigel und Gordon waren zusammen mit den Beamten hereingekommen.
»Es muß sich um eine Art Falltür im Boden handeln«, sagte Nigel. »Andernfalls gäbe es ja eine Ausbuchtung in der

Mauer.«
Sie gingen alle herum und klopften den Boden ab, ob irgendwo ein hohles Geräusch verraten würde, daß der Boden an dieser Stelle nicht massiv war. Einer der uniformierten Polizisten rief plötzlich: »Hier, Sergeant. Da ist etwas.«
Im Boden, auf der Seite des begehbaren Kleiderschranks, der leer war und daher vermutlich Julian gehört hatte, fand sich ein Griff, der aussah wie eine aufgedoppelte Wandleiste und der sich nach beträchtlichen Anstrengungen öffnen ließ und eine kleine Falltür freigab. Dahinter führten ein paar Stufen in die Tiefe, bis sie in einem Berg von herabgestürztem Schutt und Erdmassen verschwanden.
»Er hätte also doch nicht hereingekonnt«, sagte Eleanor leise.
Sergeant Cunningham schaute sie an. »Dieser Erdrutsch hätte sich auch nach der Nacht, als Ihr Mann ums Leben kam, ereignen können, Mrs. West. Freilich glauben wir – Ihr Bruder sowie der Baggerführer sind darin ebenfalls unserer Meinung –, daß dieser sich in Wirklichkeit gerade dann ereignete, als Ihr Mann durch den Keller kam. Anscheinend war eben dieser Erdrutsch der Grund, warum der Balken auf Mr. West herabstürzte. Das schwere Gewitter in jener Nacht, starke Regenfälle in Verbindung mit heftigem Sturm, könnten sehr wohl das Ganze ausgelöst haben. Der Schuppen, wo sich der andere Kellereingang befand, wurde durch den Sturm niedergerissen, wie man mir sagte.«
Eleanor nickte.
»Gut möglich, daß der Einsturz des Schuppens eine Erschütterung bewirkte, die ihrerseits einen Teil der Kellerwand zum Einsturz brachte, wodurch der Balken herabfiel und dieser Eingang verschüttet wurde. Möglicherweise könnte auch Ihr Mann versehentlich gegen die Wand gestoßen sein und dadurch das Ganze verursacht haben. Und Mr. Selbridge sagt mir, daß die Bodensenkung dort, wo der Schuppen gestanden hatte, mit Erdreich und Kies aufgefüllt worden ist.«
Er fügte nicht hinzu, daß eben dadurch der Tote von beiden Seiten wie in einer Gruft eingeschlossen worden war.

»Es wird eine Untersuchung geben«, fuhr er statt dessen fort, »aber dabei handelt es sich lediglich um eine Formalität. Einer Bestattung in angemessener Frist dürfte nichts im Wege stehen.«
Ich begann, mich als störende Außenseiterin bei einem Trauerfall im Familienkreis zu fühlen, und ging in den Garten. Der Baggerführer war noch da, und mit leiser Bestürzung wurde mir bewußt, daß er die Arbeit, für die er bestellt worden war, ja noch nicht beendet hatte. Sobald die Polizei fertigt war, würde der Platz, wo Julian Wests Leiche gelegen hatte, endgültig vom Schutt geräumt, die notwendigen Reparaturen an den Grundmauern durchgeführt und das Loch in der Erde, das einmal ein Keller gewesen war, zugeschüttet, bis alles wieder aussah, als sei nichts geschehen.
»Patricia.« Das war Martins Stimme neben mir, und er schloß mich fest in seine Arme.
Ich drückte das Gesicht an seine Brust und fing an zu weinen. Einen Moment später hatte ich mich wieder gefaßt und wischte mir die Augen. »Entschuldige. Ein bißchen albern, was? Um einen Mann zu weinen, den ich noch nicht mal gekannt habe.«
Martin betrachtete mich aus seinen dunklen Augen. Er lächelte sanft. »Es scheint, keiner hat ihn gekannt. Ausgenommen Eleanor natürlich.«
Ich nickte. »Wie hast du's erfahren? Das alles hier, meine ich?«
»Nigel rief mich an. Ich glaube, er dachte, du könntest vielleicht eine kleine Stütze brauchen. Du hast dich rührend um Eleanor gekümmert, sagt er.«
Ich schüttelte den Kopf. »Irgendwie kommt es mir so vor, als wäre Eleanor plötzlich stärker als wir alle.«
Tatsächlich konnte in den folgenden Tagen, während der legalen Formalitäten, des Ansturms der Neugierigen, der Presse und der in aufrichtiger Anteilnahme vorsprechenden Freunde, niemand umhin, über die Verwandlung von Eleanor zu staunen.

Die verkniffen dreinschauende, verbitterte und schweigsame Einsiedlerin war plötzlich eine gelassene, anmutige, bildschöne Frau, die den Mann, den sie geliebt hatte, betrauerte, die aber gleichzeitig von glühendem Stolz auf ihn erfüllt war. Der Mann, den sie und alle anderen für einen Schurken gehalten hatten, stand reingewaschen da als ein Held, welcher gestorben war beim verzweifelten Versuch, ihr Leben zu retten. Sie ging den Menschen nicht mehr aus dem Wege. Im Gegenteil, wie sie gesagt hatte, ließ sie sich von der Sensationslust, die die Entdeckung auslöste, nicht stören, sondern redete bereitwillig mit den Reportern und jedem anderen, der die Wahrheit über Julian verkünden würde.
Nachdem durch das zahnärztliche Gutachten Julians Identität zweifelsfrei erwiesen und die Todesursache gerichtsmedizinisch bestätigt worden war, stand der Bestattung nichts mehr im Wege, und Julian West wurde auf dem städtischen Friedhof in ein blumengeschmücktes Grab gebettet, während Honigfresser in den blühenden Sträuchern am Wegrand schwirrten und weiter oben am Hang eine Elster ihre Freude am Leben in die Welt hinausschmetterte.
Nach den Trauerfeierlichkeiten kam Christine auf mich zu. »Mutter und Nigel kommen mit uns nach Hause zum Abendessen. Eleanor möchte gern, daß auch du mit Martin kommst – Gordon und ich natürlich ebenso.«
Martin und ich beschäftigten die Kinder eine Zeitlang im Freien, um den erwachsenen Familienmitgliedern und einigen engen Freunden, die zu einem kurzen Besuch ins Haus gekommen waren, ein bißchen Muße für ein privates Beisammensein zu gewähren. Die Kinder wirkten anfangs etwas bedrückt, aber als Martin anfing, Dobby zu bewundern und fachmännisch mit ihnen über Aspekte der Pferdezucht zu diskutieren begann, da gewannen sie bald ihre übliche gute Laune zurück.
Martin und ich waren die einzigen Nichtfamilienmitglieder bei Tisch. Es war ein angenehmes, überraschend gemütli-

ches Essen, zumal Eleanor sich bereitwillig an der allgemeinen Unterhaltung beteiligte. Nur Nigel wirkte ungewöhnlich still. Nach dem Essen verschwanden die Kinder, um zu lesen oder fernzusehen.

Gordon erhob sich mit ernster Miene, das Glas in der Hand. »Ehe wir wieder alle auseinandergehen«, sagte er ruhig, »möchte ich vorschlagen, einen Toast auszubringen.« Er blickte uns der Reihe nach an. »Zum Gedenken an einen Mann, dem wir alle in Gedanken und Worten bitter Unrecht getan haben. Er gab sein Leben bei einer Tat von großem Mut. Trinken wir auf Julian.«

Wir standen auf und erhoben unsere Gläser. Es war nichts Groteskes daran. Es war eine schlichte Ehrenerklärung an einen Mann, dessen Andenken grausam Unrecht geschehen war, und ich fand es sehr bewegend.

Als wir uns wieder hinsetzten, trat einen Augenblick Stillschweigen ein, während Eleanor den Blick fest auf Nigel richtete.

»Findest du nicht«, sagte sie, »daß das von deiner Seite ein ziemlicher Hohn war?«

Wir starrten sie alle entgeistert an. Dann blickte ich rasch zu Nigel. Seine Miene verdunkelte sich kurz vor Bestürzung, dann zog er ironisch fragend die Augenbrauen hoch.

»Du hast zugelassen, daß man ihn all die Zeit für einen Dieb hielt.« Eleanors Stimme klang mehr betrübt als anklagend. »Ich nehme an, du fandest, das sei nur noch eine zusätzliche Kleinigkeit bei dem Verbrechen, dessen man ihn verdächtigte. Es fällt mir nicht schwer, dir zu verzeihen, daß du das Geld genommen hast. Du hast damals schwere Zeiten durchgemacht, und wir alle wissen, daß du das Geld durch die Arbeit, die du für ein winziges Gehalt hier leistest, mehr als zurückgezahlt hast. Das Geld zu nehmen, war eine Sache. Julian die Schuld dafür in die Schuhe zu schieben, war etwas anderes.«

Nigel saß eine lange Zeit ganz still. Dann stand er ohne Eile auf und ging wortlos hinaus.

Alle schwiegen verlegen. Ich sprang auf und rannte hinter Nigel her, der mit langen Schritten auf sein Auto zuging. Ich ergriff seinen Arm. »Eleanor hat das nicht so gemeint. Sie hat es in der Aufregung nur so dahingesagt.«
Er drehte sich zu mir um. Ich konnte seinen Augenausdruck in dem schwachen Licht nicht erkennen.
»Sie alle meinen es so«, sagte er. »Eleanor ist bloß die einzige, die es ausgesprochen hat. Oh, ich habe genau bemerkt, wie komisch sie mich manchmal angesehen haben, seit man Julian fand. Denn einer von uns hat das Geld genommen. Solange Julian als der Schurke galt, war es für alle leicht zu glauben, daß er auch derjenige gewesen war, der das Geld der Firma veruntreut hatte. Jetzt ist er ein Held, also kann er nicht ein Dieb sein. Damit bleibe nur ich übrig.«
»Du bist kein Dieb!«
»Nett, daß du das sagst, aber versuch nur nicht, die anderen davon zu überzeugen.«
»Aber warum muß es überhaupt einer von euch beiden gewesen sein? Warum nicht ein anderer – einer von den Angestellten?«
»Weil es jemand gewesen sein muß, der Zugang zur Kasse und zu den Geschäftsbüchern hatte. Das heißt, jemand aus der Familie. Wer? Gordon war die meiste Zeit in Brisbane. Eleanor arbeitete nicht in der Firma, Mutter nur gelegentlich. Kannst du dir eine von ihnen als Diebin vorstellen? Gebrauche deinen Verstand, Mädchen, und glaube nicht immerzu das Beste von allen Menschen.«
»Die Tatsache, daß Julian ein Mann war mit einer Menge Mut, beweist nicht, daß er nicht trotzdem Geld unterschlagen hat.«
»Wie ich schon sagte, versuch nur nicht, die anderen davon zu überzeugen.«
»Aber –«
»Laß gut sein!« herrschte er mich plötzlich an. Unwillkürlich wich ich einen Schritt zurück.
Dann schüttelte er müde den Kopf. »Schau, wenn du glaubst,

ich bin kein Dieb, vielen Dank. Ehrlich. Aber – laß es gut sein. Die Familie wird keine Anzeige gegen mich erstatten. Ich denke, die Sache wird nie mehr zur Sprache kommen – jedenfalls nicht in meiner Gegenwart, nicht einmal durch Eleanor.«
Damit stieg er in seinen Wagen und fuhr davon.

10

Als ich ins Eßzimmer zurückkehrte, schien das Vorgefallene vergessen, und eine angeregte Unterhaltung war im Gange. Martin und ich verabschiedeten uns bald darauf. Keiner von uns erwähnte die Angelegenheit, während er mich nach Hause fuhr. Als er mich zu meiner Wohnungstür begleitete, blickte er mit jenem mir wohlbekannten Zwinkern in den braunen Augen auf mich herab.
»Nicht gerade der passendste Moment, um dich zu fragen, ob ich bleiben darf, wie?« meinte er.
»Nicht unbedingt. Und hör auf, mich so anzuschauen. Wenn du das tust, gerät mein Blut in Wallung, und meine Beine werden zu Gummi, falls du mir den abgedroschenen Vergleich nachsiehst.«
Er schmunzelte.
»Abgedroschen oder nicht, ich werd's mir merken.« Er legte mir sanft die Hand auf die Wange. »Du siehst wahrhaftig müde aus. Schlaf dich mal richtig aus. Werdet ihr beide, du und Rhelma, mir meine dicken Gäule morgen ein bißchen bewegen?«
»Ja, wenn das Wetter so bleibt. Es sieht aus, als würde es wieder regnen. Du willst morgen runter zur Goldküste, nicht wahr? Surfen?«
»Wahrscheinlich. Die Brandung dort unten ist zur Zeit angeblich sehr gut, und hier ist momentan nicht viel los in der Hinsicht. Ich möchte für den Wettbewerb nächsten Monat

noch ein bißchen trainieren. Aber ich kann auch dableiben, wenn dir das lieber ist.«
Ich schüttelte den Kopf. »Sei nicht albern. Dir macht's Spaß, und ich werde den Tag mit Rhelma auch so sehr angenehm verbringen.«
Martin hatte recht: Ich war todmüde. Aber die Ereignisse des Tages, verbunden mit der schwülen, drückenden Luft, ließen mich nicht zur Ruhe kommen. Als Martin fort war, versuchte ich eine Weile zu lesen, denn ich war viel zu aufgeregt und durcheinander, um schlafen zu können. Aber auch auf mein Buch vermochte ich mich nicht lange zu konzentrieren. Schließlich legte ich es beiseite und machte mir eine Tasse Kaffee. Während ich dasaß und sie langsam trank, dachte ich über die Firma nach.
Ich wurde mir bewußt, daß Selbridge in meinem Leben eine zunehmend größere Rolle zu spielen begann. Zu den merkwürdigsten Zeiten ertappte ich mich dabei, daß ich über Möbeldesign nachdachte, wie dieser Sessel mit jenem Bezug aussehen würde oder welches wohl die beste Holzart für einen bestimmten Tisch sein könnte.
Als ich meine zweite Tasse Kaffee ausgetrunken hatte, wußte ich, es hatte keinen Zweck, ich würde doch nicht einschlafen können. Gedanken über Julian West, über Eleanor und Nigel schwirrten mir durch den Kopf. Aber ich hatte keine Lust, weiter über sie nachzugrübeln. Das einzige, was mich auf andere Gedanken bringen würde, wäre, in die Fabrik zu gehen und mich ein paar Stunden im Büro zu betätigen. Es war noch einige Geschäftskorrespondenz aufzuarbeiten. Das könnte ich erledigen. Und danach war ich dann vielleicht so müde, daß ich in jedem Fall schlafen konnte. Ich holte meine Schlüssel und ging hinaus zum Auto.
Irgend etwas in der Luft schien meiner ruhelosen Gemütsverfassung zu entsprechen: Kein Windhauch regte sich, aber es herrschte eine dumpfe, stickige Hitze, die beklemmend und irgendwie bedrohlich wirkte.
Ich sperrte den Fabrikeingang auf, machte Licht und begab

mich ins Büro, um die liegengebliebene Korrespondenz aufzuarbeiten. Nachdem ich zwei oder drei Briefe getippt hatte, um sie Gordon am Montag zur Unterschrift vorzulegen, entdeckte ich, daß ich für die Abfassung des nächsten ein paar Angaben brauchte, die sich bei den Unterlagen für Neuseeland befanden, und prophezeite mir selbst betrübt, daß Nigel seine Aktentasche inzwischen bestimmt wieder geholt und mit nach Hause genommen hatte.
Aber sie lag noch immer in dem Büroschrank, wohin ich sie getan hatte, und ich war in der Lage, die gesamte wartende Korrespondenz zu erledigen. Es war längst nach Mitternacht, als ich meinen Schreibtisch aufräumte mit dem befriedigenden Gefühl, daß ich jetzt nach Hause fahren und mich schlafen legen konnte. Die Arbeitsroutine hatte geholfen, die störenden Grübeleien über Dinge, die ich ja doch nicht ändern konnte, aus meinem Kopf zu vertreiben. Ich nahm die Aktentasche, um sie wieder wegzuräumen, und mußte lächeln, als ich mich an meinen Pessimismus vor Antritt jener Reise nach Neuseeland erinnerte und wie sich meine trüben Vorahnungen durch die Ereignisse als unsinnig erwiesen hatten – wie die meisten Vorahnungen überhaupt.
Mir fiel ein, daß ich vergessen hatte, mich bei Nigel für die Beschädigung seiner Aktentasche durch jenen Kratzer an dem Eisenstab zu entschuldigen, über welchen ich am Morgen meiner Abreise beinahe gestürzt wäre – der Schaden war freilich nicht groß, aber ich war von Kind auf zur Achtung vor dem Eigentum anderer erzogen worden. Automatisch ließ ich meine Hand an der Unterseite der Tasche entlanggleiten, um nach dem Kratzer im Kunstleder zu tasten.
Es gab keinen Kratzer.
Im ersten Augenblick begriff ich nicht. Ich fuhr noch einmal mit der Hand über die Fläche, in der Meinung, ich hätte mich getäuscht. Dann drehte ich die Tasche um und schaute nach. Es gab keinen Kratzer. Der Boden war völlig unbeschädigt.
Ich ließ mich auf einen Stuhl sinken. Es durchschauerte mich eiskalt.

Nach einer Weile zwang ich mich dazu, die Tasche sorgfältig und methodisch zu untersuchen – Tasche und Inhalt. Es war eine ganz gewöhnliche schwere braune Kunstledertasche mit Nigels Initialen N.P.S. in einer Ecke. In einem winzigen Winkel meines Gehirns überlegte ich idiotischerweise – wahrscheinlich weil ich die tiefere Bedeutung des Ganzen nicht wahrhaben wollte –, was wohl das P. heißen sollte. Der Tascheninhalt entsprach genau dem, der er sein sollte – einschließlich eines meiner Taschentücher: Dies war mit absoluter Sicherheit die Aktentasche, die ich aus Neuseeland mitgebracht hatte.

Aber es war nicht diejenige, die ich hier übernommen hatte.

Lange Zeit saß ich da und starrte die Tasche einfach an, wobei ich etwas empfand, das nackter Angst sehr nahe kam. Jemand hatte mich als Kurier für einen sicherlich illegalen und möglicherweise sogar kriminellen Zweck benutzt. Eine andere Erklärung gab es nicht. Wer auch immer dieser Jemand war, er mußte mit der Firma Selbridge zu tun haben.

Zorn wallte in mir auf und verdrängte den Schrecken. Jemand hatte mich für dumm verkauft. In aller Unschuld hatte ich irgendwelche Schmuggelware durch den neuseeländischen Zoll gebracht. Und wenn man sie gefunden hätte, wäre ich diejenige gewesen, die man vor Gericht gestellt hätte, während der eigentliche Schuldige unangreifbar geblieben wäre.

Was hatte ich nach Neuseeland transportiert? Beziehungsweise, was hatte ich von dort zurückgebracht?

Ich hatte die Aktentasche vollständig geleert, und nun untersuchte ich sie sorgfältig Zentimeter für Zentimeter. Es war alles in Ordnung – keine Geheimfächer, kein doppelter Boden, aber das gleiche konnte ich von der Tasche, die ich mit hinübergenommen hatte, natürlich nicht sagen, da ich diese verständlicherweise nicht mit so argwöhnischen Augen betrachtet hatte. Außerdem war es auch durchaus möglich, daß sich in der Tasche irgendein herausnehmbares Innenfutter befunden hatte, welches von dem Täter mitsamt seinem Inhalt entfernt worden war, so daß hinterher eine ganz gewöhnliche Aktentasche übrigblieb.

Wer?

Jemand mit ungehindertem Zutritt zum Büro. Nun, das konnte jeder gewesen sein, der in der Firma arbeitete. Aber das Feld mußte enger begrenzt sein.

Es war jemand, der die Idee eines persönlichen Besuchs in Neuseeland aufgebracht hatte. Mehr noch, der Betreffende hatte den Besuch bei jenem speziellen Möbelhändler organisiert, denn das war der einzige Ort, an welchem der Austausch der Aktentasche hatte stattfinden können, da mein Hotelzimmer nicht vorher gebucht worden war – ich hatte das Hotel nach meiner Ankunft auf gut Glück in einem für mich günstig gelegenen Stadtteil gewählt.

Mit einem speiüblen Gefühl im Magen wurde mir bewußt, daß nur einer von den drei Personen in Frage kam: Martin, Nigel oder Gordon.

Ich versuchte, mir ins Gedächtnis zurückzurufen, welche Rolle jeder einzelne von ihnen gespielt hatte. Das Schreiben des Möbelhändlers in Auckland war an Gordon gerichtet gewesen, aber Martin hatte dem Händler geschrieben und angefragt, ob man Interesse an detaillierten Unterlagen über Selbridge Furniture habe. Allerdings hatte er an verschiedene Möbelhandelsfirmen geschrieben, und die Adressen hatte er von Gordon bekommen. Aber wo hatte wiederum Gordon diese Adressen her?

Jeder hätte sie ihm geben können. Fast jeder in der Firma hätte auch den Keim zu der Idee legen können – und plötzlich fiel mir ein, daß es überhaupt kein Angestellter zu sein brauchte. Rachel oder Eleanor oder auch Christine hätten die Idee ebensogut ins Gespräch bringen können, wenngleich es mir bei allen dreien schwerfiel, mir etwas Derartiges vorzustellen, insbesondere bei Eleanor – der Eleanor von früher.

Von den Angestellten kam eigentlich nur Otto Klein in Frage. Nur bei ihm konnte man ein solches Interesse für die Firma voraussetzen, daß eine Anregung über die Auswei-

tung des Absatzmarktes glaubhaft geklungen hätte. Zwar vermochte ich mir Otto kaum in der Rolle eines Schmugglers vorzustellen, jedoch wäre es töricht gewesen, irgendwen so leichtfertig aus dem Kreis der Verdächtigen zu streichen.
Nigel hatte den ganzen Plan mit recht gedämpfter Begeisterung aufgenommen. Jedenfalls dem Anschein nach. Am Ende hatte er der Reise bereitwillig zugestimmt. Hätte er das getan, wenn er persönlich etwas Illegales hätte mitführen wollen? Nun, bei mir war es absolut glattgegangen, also hätte der Schuldige das Zeug zweifellos auch persönlich ohne Gefahr mitnehmen oder bringen könne. Nigel war allerdings am Ende doch nicht gefahren, weil er eine Grippe bekam.
Und wer hatte die Aktentasche drüben ausgetauscht? Der große, nie lächelnde Direktor? Nicht unbedingt.
Wiederum hätte auch jeder in der dortigen Firma die Taschen vertauschen können. Ich hatte Nigels Tasche im Büro des Direktors gelassen, als dieser mich zum Kaffee einlud, und danach hatte ich sie über Nacht abermals dort gelassen, damit er den Auftrag mit seinem Verkaufsleiter besprechen konnte. Aber auch diese Idee mußte nicht unbedingt seine eigene gewesen sein.
Offenbar war die ganze Sache sorgfältig geplant gewesen. Der Kontaktmann in Auckland mußte bereits eine identische Tasche, einschließlich der Initialen, parat gehabt haben. Aber auch von australischer Seite hätte vorher eine derartige Tasche übersendet werden können.
Die sorgfältige Vorbereitung verriet, daß es um einen hohen Einsatz gehen mußte. Wieviel Extragewicht hatte ich wohl getragen, ohne es zu bemerken? Ein halbes Kilo? Soviel bestimmt. Wahrscheinlich mehr. Die Tasche war prall gefüllt und ziemlich schwer gewesen.
Ich versuchte mich zu erinnern, ob ich irgendwann das Gefühl gehabt hatte, die Tasche wiege mehr beziehungsweise weniger als vorher. Hatte ich vielleicht Geld hingebracht und Ware zurück? Nein, wahrscheinlich nicht. Denn dann hätte

ja die gleiche Tasche für den Hin- und Rückflug ausgereicht. Nein, ich hatte Ware transportiert. Ich war Lieferantin, nicht Geldbotin gewesen. Dafür waren andere Arrangements getroffen worden. So etwas ließ sich zweifellos ohne Mühe bewerkstelligen.

Bei der Ware, die ich überbracht hatte, handelte es sich mit größter Wahrscheinlichkeit um Drogen – vermutlich Heroin. Nur Drogen oder Edelsteine besaßen bei der Menge, die man mir unbemerkt unterschieben konnte, einen genügend hohen Wert, und Drogen waren viel wahrscheinlicher.

Ich rieb mir das Gesicht, verstaute sorgfältig alles wieder in die Aktentasche, stellte die Tasche an den Platz, wo ich sie hergeholt hatte, und ging hinaus zu meinem Wagen. Es war beinahe drei Uhr morgens. Das Wetter hatte sich fast unmerklich verändert. Direkt über mir glitzerten noch immer die Sterne am tiefschwarzen Himmel, aber im Nordosten waren sie in einer dunklen Wolkenmasse verschwunden, die über den Lichtern der Stadt hing, und ein leichter Wind hatte sich erhoben.

Mir schmerzten alle Glieder vor Müdigkeit, und ich wollte nur noch nach Hause und ins Bett. Was ich wegen der Tasche tun sollte, wußte ich nicht. Ein Teil meines Verstandes sagte mir natürlich, daß ich die ganze Sache der Polizei melden sollte. Ein anderer Teil riet mir, erst einmal in Ruhe nachzudenken. Wie würden die wohl auf meine Geschichte reagieren? Was für Beweise hatte ich?

Und selbst wenn sie Nachforschungen anstellten, derjenige, der hinter dem Ganzen steckte, würde wissen, daß ich diese ausgelöst hatte. Er wäre nicht erfreut über mich.

Keith Barnes hatte Nigel um eine dringende Unterredung unter vier Augen gebeten – was darauf schließen ließ, daß Keith wichtige Informationen über etwas oder jemanden besaß, die er mit Nigel besprechen wollte. Und Keith war ermordet worden, ehe er reden konnte.

War er zufällig auf das gleiche Geheimnis gestoßen wie ich? Er war ein Mensch gewesen, der sich für alles interessierte, was um ihn her vorging – ein neugieriger Mensch. Durchaus möglich, daß er viel schlüssigere Hinweise gefunden hatte als ich. Aber war das der Grund für seine Ermordung, so wäre ich gut beraten, sehr auf der Hut zu sein, denn dann bewegte ich mich auf überaus gefährlichem Boden.

Es wurde schon hell, als ich endlich einschlummerte, und ich schlief bis in den späten Vormittag hinein. Als ich aufwachte, hatte ich noch immer nicht die leiseste Vorstellung, was ich tun sollte.

Nach dem Mittagessen fuhr ich wie verabredet zu Rhelma und holte sie zu unserem üblichen Wochenendritt ab. Der Himmel war bedeckt, und es hatte sich gnädigerweise ein bißchen abgekühlt; doch die Luft war immer noch feucht und stickig und verhieß Regen. Es wehte ein starker, böiger Wind.

»Sieht so aus, als sei dieser Wirbelsturm auf dem Weg hierher«, meinte Rhelma. »Ich glaube, wir unternehmen heute nachmittag besser nur einen kurzen Ritt – es fängt bestimmt bald an zu regnen.«

»Wirbelsturm?« Ich hielt mitten im Sattelauflegen inne. »Was für ein Wirbelsturm?«

»Hast du nicht die Nachrichten gehört?» Rhelma schaute mich belustigt an. »Die Fernsehnachrichten waren schon gestern abend voller Sturmwarnungen, und im Radio senden sie heute stündlich Wettermeldungen.«

Ich schüttelte den Kopf. »Ich hab mir gestern abend die Fernsehnachrichten nicht angeschaut und heute auch noch kein Radio gehört. Ehrlich gesagt, hab ich verschlafen.«

Rhelma warf mir einen Blick zu.

»Du siehst aber nicht sehr ausgeschlafen aus. Eher so, als hättest du seit einer Woche überhaupt nicht geschlafen. Na, jedenfalls, da ist ein kleiner, aber sehr heftiger Zyklon vom Nordosten her im Anmarsch, und nach den Meldungen rechnet man damit, daß er knapp nördlich von hier die Küste streift, wahrscheinlich innerhalb der nächsten vierundzwanzig Stunden. Wir müssen uns also auf ziemlich übles Wetter gefaßt machen.«

»Ich bin noch nie in einem Zyklon gewesen«, sagte ich, »das wird also ein ganz neues Erlebnis für mich sein.« Plötzlich fuhr mir der Schreck in die Glieder. »Martin ist beim Surfen«, stieß ich hervor. »Es wird eine starke Brandung geben.« Rhelma lächelte. »Dem passiert schon nichts. Er ist ein erfahrener Surfer, und Surfer lieben starke Brandung. Außerdem wird es jetzt noch nicht so arg sein.«
Sie wirkte zum ersten Mal seit Keiths Tod entspannt und unternehmungslustig. Vielleicht hatte sie sich endlich mit der Tatsache abgefunden und auch damit, daß der Mörder womöglich niemals entdeckt werden würde.
Es war ein angenehmer Ritt, obwohl ich an den sich auftürmenden Wolken entlang der Küste im Osten sehen konnte, daß Regen im Anzug war und Rhelmas Vorschlag, nur einen kurzen Ritt zu unternehmen, gerechtfertigt war. Rhelma schien bester Laune. Sie besaß eine gute Beobachtungsgabe, kannte sich gut in den einheimischen Gewächsen aus, und es machte mir immer Vergnügen, mit ihr zusammenzusein.
Es war sie, die den Jungvogel entdeckte. Ein großer breitkroniger Baum, eine Moreton-Bay-Feige, wuchs dicht neben der Straße. Ich hörte wohl die schrillen Vogelrufe, aber als unwissende Städterin erkannte ich nicht, daß es Klagerufe waren. Rhelma dagegen zügelte ihr Pferd und blickte nach oben.
»Na, was habt ihr denn?« rief sie.
»Wer?« fragte ich verdutzt.
»Die Feigenfresser. Siehst du, dort? Das ist das Männchen, das mit dem olivgrünen Rücken und dem roten Ring ums Auge. Und dort ist das Weibchen. Oh, das ist es!« Sie deutete zum Fuß des Baumstammes, wo ein offensichtlich noch nicht flugfähiger Jungvogel kläglich auf dem Boden kauerte, eine leichte Beute für jedes Raubtier, Schlange oder Falke, Katze oder Fuchs, das des Weges kam. »Es ist aus dem Nest gefallen«, stellte ich überflüssigerweise fest. »Kannst du das Nest sehen?«
Wir spähten mit verrenkten Hälsen nach oben und entdeck-

ten es nach ein paar Minuten – ein ziemlich windschiefes Gebilde am Ende eines langen Astes.

»Armer kleiner Kerl.« Ich stieg vom Pferd. »Ich glaube, ich kann raufklettern und es wieder ins Nest setzen. Vor zwanzig Jahren war ich ganz groß im Bäumeklettern – in unserem Viertel gab es keinen Buben, der höher und schneller klettern konnte als ich.«

»Sei nicht verrückt!« protestierte Rhelma. »Du brichst dir das Genick, wenn du von da oben runterfällst.«

»Ich falle schon nicht«, versicherte ich fröhlich. »Warte nur, bis ich auf dem ersten Ast droben bin, dann reich mir den Vogel herauf. Ich wette, ich kriege ihn wieder in sein Nest.«

»Indem du ihn mit der einen Hand trägst und dich mit der andern festhältst? Du bist verrückt!«

»Nicht mehr als sonst. Außerdem stecke ich ihn in meine Blusentasche, dann habe ich beide Hände frei.«

Ich zog die Reitstiefel aus und begann hinaufzuklettern. Von meinen Kindheitsunternehmungen, die unseren Nachbarn beinahe einen Herzinfarkt und meinen armen Eltern vorzeitig graue Haare verursacht hatten, war mir noch genug Übung geblieben, um ziemlich mühelos bis zu dem fraglichen Ast zu gelangen. Aber von der Gabelung bis zu den belaubten Zweigen am Ende, wo sich das Nest befand, gab es nur einen Weg – den kahlen und immer dünner werdenden Ast entlang.

Mit acht Jahren hätte mir das vermutlich einen Riesenspaß gemacht, aber mit fünfundzwanzig fand ich es längst nicht mehr so komisch. Doch ich war zu eigensinnig, um das einzugestehen. Irgendwie gelangte ich schließlich zu dem schaukelnden Ende des Astes, hockte mich rittlings darauf, indem ich ihn mit der linken Hand und mit beiden Schenkeln fest umklammerte, holte behutsam das kleine Federbündel aus meiner Tasche und setzte es wieder ins Nest neben seinen Bruder oder seine Schwester, während die Vogeleltern über mir zeterten.

Dann rutschte ich schwitzend, mehr aus purer Angst als vor

Hitze oder Anstrengung, zurück zum Stamm und begann den Abstieg von Ast zu Ast, bis ich mich dankbar auf die Erde fallen lassen konnte.

Rhelma beobachtete mich, während ich mir wieder die Reitstiefel anzog.

»Und du bist die gleiche Person, die zu ängstlich ist, um hochseefischen zu gehen? Na, da wüßte ich aber, was ich lieber täte!«

Ich lächelte verlegen zu ihr hinauf.

»Wenn du die Wahrheit wissen willst, mir zittern so die Knie, daß sich meine Beine anfühlen wie Gummi und es mir schwerfallen wird, wieder in den Sattel zu klettern.«

Rhelma lachte. »Dann ist mir schon wieder wohler. Hoffentlich weiß dieser kleine Vogel zu schätzen, was du für ihn getan hast.«

Wir ritten weiter. Ich hatte gar nicht gemerkt, wie lange mein geistesabwesendes Schweigen gedauert hatte, bis Rhelma ruhig fragte: »Was ist los, Patricia?«

Bestürzt schaute ich zu ihr hinüber.

»Entschuldige. Wahrscheinlich – na ja, die Beerdigung gestern und all das . . .« Ich hielt inne. »Nein«, sagte ich nach einer Weile. »Das ist es nicht. Nicht nur, wenigstens. Erinnerst du dich noch, als ich nach Neuseeland flog? Ich stolperte und fiel beinahe über einen von diesen Eisenstäben, mit denen die jungen Sträucher im Fabrikhof gestützt werden.«

»Ja.« Rhelma nickte. »Ich weiß noch, ich dachte, du hättest dir um ein Haar die Hand an dem Stab zerschnitten.«

»Statt dessen habe ich den Boden der Aktentasche zerkratzt. Gestern abend konnte ich nicht schlafen – die nervliche Anspannung nach der Beerdigung und so, weißt du –, deshalb fuhr ich in die Fabrik, um liegengebliebene Korrespondenz und anderen Bürokram aufzuarbeiten, zur Ablenkung sozusagen. Dafür brauchte ich ein paar Unterlagen aus der Aktentasche, zum ersten Mal seit meiner Reise. Es war kein Kratzer an der Tasche. Jemand in Neuseeland hat die Akten-

tasche vertauscht. Den Inhalt nicht; der war exakt derselbe wie vorher. Aber in einer anderen Tasche. Man muß kein Genie sein, um zu der Schlußfolgerung zu gelangen, daß ich etwas für jemanden transportiert habe. Die Frage ist bloß: was und für wen? Und was soll ich in der Sache unternehmen?«
Rhelma flüsterte: »O mein Gott.« Dann fügte sie in scharfem Ton hinzu: »Hast du schon etwas unternommen?«
»Nein. Was soll ich tun? Zur Polizei gehen? Welchen Beweis habe ich, daß überhaupt je ein Kratzer am Boden der Aktentasche war?«
»Wer könnte die Tasche vor deiner Abreise alles in der Hand gehabt haben?«
Die Frage klang so eindringlich, daß ich Rhelma einen raschen Blick zuwarf. Ihr Gesicht war totenblaß, ihre dunklen Augen glühten vor Zorn, vielleicht auch vor Furcht, und ihre Hände hielten die Zügel umklammert, als suchten sie verzweifelt Halt daran.
Sofort war ich auf der Hut. Mit Bestürzung wurde mir bewußt, daß ich mich in tiefes Wasser gewagt hatte und jeden Augenblick den Boden unter den Füßen verlieren konnte. Rhelma? Unsinn, und dennoch . . .
»Ach, eigentlich jeder«, meinte ich achselzuckend. »Ich weiß es nicht. Vielleicht bilde ich mir auch alles nur ein. Vielleicht war überhaupt kein Kratzer an der Tasche. Ich war an dem Morgen damals nicht gerade in bester Gemütsverfassung. Jedenfalls habe ich keinerlei Anhaltspunkte und kann mit Sicherheit nicht zur Polizei rennen oder zu sonstwem.«
Rhelma zögerte, dann sagte sie langsam: »Nein, wahrscheinlich nicht.«
Aber ich hatte das Gefühl, daß sie etwas ganz anderes hatte sagen wollen.
»Der Wind wird stärker«, erklärte ich. »Es fängt bestimmt gleich an zu regnen. Laß uns umkehren.«
Bei Martin war noch niemand zu Hause. Wir sattelten die Pferde ab, versorgten sie und räumten Sättel und Zaumzeug in die kleine Sattelkammer. Der erste Regenschauer pras-

selte nieder, als wir zum Auto rannten – ein kurzer heftiger Platzregen. Als ich Rhelma fünfzehn Minuten später vor ihrem Haus absetzte, hatte der Regen richtig eingesetzt, wenn auch in unterschiedlicher Stärke – bald windgepeitschter Nieselregen, bald in Strömen niederrauschende Wassermassen.

Ich aß zu Abend, ging früh zu Bett und erwachte um halb fünf Uhr früh aus schwerem Schlaf, als die Morgendämmerung die dichten grauen Wolkenmassen zu durchdringen suchte. Ich fragte mich, wie um alles in der Welt ich überhaupt hatte schlafen können. Der Regen klatschte unaufhörlich gegen die Mauern und das Dach des Hauses, gepeitscht von einem wahnsinnigen Wind, der ein sonderbares Geräusch von sich gab, wie ich es noch nie gehört hatte – ein seltsames stöhnendes Heulen, was, wie mir die Leute später erzählten, typisch war für einen Zyklon, wenn auch niemand sagen konnte, warum das so war.

Ich knipste die Nachttischlampe an und stellte erleichtert fest, daß die Stromversorgung noch funktionierte. Während ich Kaffee machte, verkündete das Radio, daß der Zyklon voraussichtlich in etwa vier bis fünf Stunden vom Meer her kommend ein kleines Stück nördlich von uns die Küste erreichen würde. Die Bevölkerung wurde aufgefordert, alle möglichen Vorsichtsmaßnahmen zu treffen – Gartenmöbel hereinzuholen, lose Gegenstände im Freien, die vom Sturm weggeblasen werden konnten, festzubinden, festzustellen, ob alle Haustiere sicher untergebracht waren, und bei zunehmender Windstärke ein oder zwei Fenster auf der dem Wind abgekehrten Seite des Hauses einen Spalt zu öffnen, um zu verhindern, daß innerhalb des Hauses ein Druck entstand, der sich nach außen entladen und schwere Gebäudeschäden hervorrufen konnte. Man forderte die Leute ferner dringlich auf, ihre Häuser außer in Notfällen nicht zu verlassen. Es seien bereits Schäden gemeldet worden, und man rechne mit weiteren Schäden und örtlichen Überschwemmungen.

Ich drehte das Radio aus, machte Toast und setzte mich zum

Frühstück. Eigentlich hatte ich um fünf Uhr morgens noch keinen Appetit auf Kaffee und Toast, aber es war ein willkommener Aufschub für das, was ich hinsichtlich der Aktentasche unternehmen mußte.

Ich hatte meine Entscheidung getroffen. Ich war mir wohl von Anfang an, als meine Finger über die unbeschädigte Kunststofffläche strichen, im Grunde darüber klar gewesen, was ich tun mußte. Jedenfalls stand mein Entschluß nun fest. Sofort nach dem Frühstück zog ich einen Regenmantel über Bluse und Jeans und stülpte mir einen regendichten Hut auf den Kopf. Ich würde zur Polizei gehen. Sollten die machen, was sie wollten, meine Geschichte glauben oder nicht, eine Untersuchung einleiten oder das Ganze für das Produkt meiner Phantasie halten. Aber sagen mußte ich es ihnen.

Es nicht zu tun, wäre nichts als schlichte Feigheit. Freilich, überlegte ich mir bedauernd, schien Feigheit in diesem Fall die klügere und bestimmt erheblich verlockendere Handlungsweise.

Doch ehe ich zur Polizei ging, mußte ich die Tasche noch einmal untersuchen – mußte mich vergewissern, daß ich mich nicht getäuscht hatte, daß sich wirklich nicht der kleinste Kratzer auf dem Kunstleder befand. Immerhin bestand ja die entfernte Möglichkeit, daß sich der Kratzer nicht genau dort befand, wo ich ihn vermutete, und daß ich ihn in meiner Bestürzung und bei den häßlichen Schlußfolgerungen, die mir sofort durch den Kopf schossen, einfach übersehen hatte. Ich glaubte eigentlich nicht daran, aber ich mußte auf Nummer Sicher gehen, ehe ich mich an die Polizei wandte.

Der Regen fegte über die Straße und peitschte mir wie Hagel ins Gesicht, als ich den Wagen aufsperrte. Während der Fahrt spürte ich, wie der Wagen schaukelte, sobald ihn einer der Windstöße traf, die den Regen fast waagerecht durch die Luft trieben. Niedrig gelegene Teile der Straße standen, wo die Abflußkanäle überlastet waren, bereits

zentimetertief unter Wasser. Die Leute vom Wetterdienst hatten recht: Es war ein guter Tag, um zu Hause zu bleiben, außer man hatte Dringendes zu erledigen.
In der Fabrik war natürlich kein Mensch. Es war Sonntag, also würde auch tagsüber niemand kommen, aber zu dieser frühen Stunde wäre in jedem Fall keiner dagewesen. Ich parkte dicht vor dem Haupteingang und holte die Schlüssel heraus, ehe ich aus dem Auto stieg, aber selbst so war ich von den Knien abwärts total durchnäßt, bis ich die Eingangstür aufgesperrt hatte. Ein Regenschwall drang mit mir ins Haus, und ich mußte mich förmlich gegen die Tür stemmen, um sie wieder zuzubekommen. Wegen der tiefhängenden Wolken war es innerhalb des Gebäudes noch fast dunkel, und ich tastete an der Wand entlang nach dem Lichtschalter. Plötzlich stieß mein Fuß gegen etwas Weiches, Schwarzes, und ich wäre beinahe gefallen. Ich knipste das Licht an und starrte mit geweiteten Augen auf Rhelma Barnes, die mit dem Gesicht nach unten zu meinen Füßen lag. Ein dicker dunkelbrauner Fleck breitete sich um sie her auf dem Boden aus.

11

Irgendwo in meinem wie betäubten Gehirn erinnerte ich mich, daß man die Lage einer Leiche nicht verändern sollte, auch nicht um das kleinste Stück, ehe die Polizei sie gesehen hatte. Und unmittelbar auf diesen Gedanken schoß mir wie ein Blitz die Erinnerung durch den Kopf, wie sich Rhelmas Körper angefühlt hatte, als ich mit dem Fuß dagegen stieß: schlaff, leblos. Aber nicht kalt und steif.
»Rhelma!« flüsterte ich, während ich neben ihr niederkniete und nach ihrem Handgelenk tastete. Ihre Hand war kalt, aber es war nicht die Eiseskälte des Todes, und unter meinen Fingern konnte ich einen schwachen Pulsschlag spüren.

»Rhelma!« schrie ich. »Bleib da! Bleib da!«
Ich dachte nicht lange darüber nach, daß meine Stimme auf taube Ohren traf. Irgendwo in ihr war noch ein dünner Lebensfaden, und ich empfand den überwältigenden Wunsch, ihn festzuhalten, ehe er riß. Ich stürzte ins Büro, wählte die Notrufnummer und verlangte atemlos nach der Polizei und einem Krankenwagen. Eine körperlose Stimme erkundigte sich nach der Art des Unfalls, und ich hörte mich antworten: »Es ist kein Unfall. Es ist ein versuchter Mord.«
Bis zu diesem Augenblick hatte ich mir das nicht bewußt klargemacht, aber ich wußte, es stimmte. Freilich kam mir selbst da noch nicht in den Sinn zu überlegen, wieviel Zeit seit der Tat vergangen war und ob der Täter sich womöglich noch im Gebäude aufhielt. Dieser Gedanke kam mir erst, als ich zu Rhelma zurückkehrte und meinen Regenmantel über sie breitete, denn mir fiel ein, daß Verletzte sich in einem Schockzustand befinden und warm gehalten werden sollten. Ich blickte mich um.
Erst jetzt bemerkte ich weitere Blutspuren auf den Bodenfliesen, die den Gang entlang bis zur Bürotür führten. Ich ging langsam zurück ins Büro, diesmal mit mehr Vorsicht, um nicht auf die Blutflecken zu treten, obwohl ich bald sah, daß das Blut bereits getrocknet war. Es sah fast so aus, als sei sie über den Fußboden geschleppt worden, aber schon vor Stunden, wie die eingetrockneten Spuren bewiesen.
In der Bürotür blieb ich stehen. Vorhin, als ich zum Telefon rannte, hatte ich keinen Blick für meine Umgebung gehabt. Jetzt sah ich alles mit einer Klarheit, die mir Übelkeit hervorgerufen hätte, wäre ich nicht beinahe geplatzt vor Wut auf denjenigen, der Rhelma das angetan hatte.
Blut war auf dem Stuhl vor dem Schreibtisch und auf dem Boden daneben, eine ganze Pfütze, so viel, daß es noch nicht ganz getrocknet war und klebrig glänzte. Auf dem weichen beigefarbenen Teppich zeichnete sich deutlich ein Fußabdruck ab. Blutige Schleifspuren führten zum Korridor.
Auf dem Teppich, wie achtlos hingeworfen, lag ein Messer

mit einer etwa fünfzehn Zentimeter langen Klinge und einem hölzernen Griff, von dem man, dachte ich bitter, bestimmt sorgfältig alle Fingerabdrücke abgewischt hatte. Es war ein Messer, das gewöhnlich irgendwo im Büro herumlag und allen möglichen Zwecken diente. Wahrscheinlich stammte es ursprünglich aus einer der Werkstätten, vermutlich der Polsterabteilung, aber es hatte schon, seit ich herkam, im Büro gelegen. Es lagen immer irgendwelche Messer herum. Der Mörder hatte nicht weit nach einer Waffe zu suchen brauchen. Und nach Gebrauch hatte er sie fast herausfordernd auf den Boden geworfen: Da habt ihr eure Mordwaffe. Seht zu, was ihr damit anfangen könnt.

Ich ging zu Rhelma zurück, und während ich neben ihr kniete und auf sie einredete – irgendwelche tröstenden Worte, die mir gerade durch den Kopf gingen –, hörte ich das Heulen der Sirenen.

Ich hatte das schlimme Wetter völlig vergessen, bis ich die Tür aufmachte und der Regen mir ins Gesicht peitschte, während zwei Sanitäter an mir vorbei ins Haus drängten. Sie rannten zu Rhelma hin und zogen schnell, aber behutsam, den Regenmantel weg, den ich über sie gebreitet hatte.

»Eine Bahre – und verständige das Krankenhaus«, befahl der eine, während er mit geübten Händen Rhelmas Bluse aufschnitt, deren dunkle Farbe verhindert hatte, daß ich die Stichwunde im Rücken gleich entdeckte. Abermals Sirenengeheul, und zwei Polizeibeamte kamen, begleitet von einem neuerlichen Regenschwall, zur Tür herein.

Der eine von ihnen warf mir einen neugierigen Blick zu, wechselte ein paar Worte mit seinem Kollegen, der den beiden Sanitätern half, Rhelma vorsichtig auf die Bahre zu heben, und dann wieder hinaus in den Regen rannte.

Ich blieb im Korridor stehen, während der Rettungswagen heulend durch Sturm und Regen davonraste, hinter dem Polizeiauto her, welches zusätzlich mit Blaulicht und Sirene allen anderen Straßenbenutzern verkündete, daß hier ein Menschenleben am seidenen Faden hing. Mir war es eine

Bestätigung dessen, was ich ohnehin schon wußte, daß nämlich die Sanitäter Rhelma kaum Überlebenschancen gaben.
Der zurückgebliebene Polizeibeamte sah mich wieder an, diesmal mit einem genaueren Blick, und sagte beinahe sanft: »Ich glaube, Sie sollten sich lieber hinsetzen, Miss Kent.«
»Nicht im Büro«, protestierte ich mechanisch.
Seine Augen folgten den Blutspuren auf den Fliesen.
»Es muß dort drinnen passiert sein«, fuhr ich fort. »Und ich darf doch nichts anrühren, nicht wahr? Obwohl ich natürlich vorhin das Telefon anfassen mußte.«
Er lächelte. »Bestimmt gibt es irgendeinen anderen Platz, wo Sie sich hinsetzen können. Sie sehen aus, als hätten Sie's nötig.«
Ich drehte mich um, ging in die Polsterwerkstatt und setzte mich dort auf eine Bank. Der Mann hatte recht: Ich zitterte am ganzen Leib, und meine Knie waren weich wie Gummi.
»Sind Sie in Ordnung?« erkundigte er sich besorgt.
»Danke.«
Ich nickte, worauf er kehrtmachte, einen kurzen Blick ins Büro warf und dann zur Eingangstür eilte. Ich hörte, wie Regen und Sturm hereindrangen, und danach das Geräusch von Stimmen. Anscheinend waren weitere Leute von der Polizei eingetroffen. Ich blieb schweigend sitzen, taub für alles um mich her, während es in meinem Schädel dröhnte von konfusen Fragen und Überlegungen.
Ich weiß nicht, wieviel Zeit vergangen war, als zwei Männer die Werkstatt betraten. Ihre Sporthosen und offenen Hemdkragen verrieten, daß sie sich in aller Eile angezogen hatten. Den einen von ihnen erkannte ich. Es war Sergeant Cunningham.
Er blickte mich mit seinen hellen blauen Augen eine Weile forschend an, ehe er sprach.
»Guten Morgen, Miss Kent. Das ist mein Kollege Holland. Vielleicht würden Sie uns jetzt erzählen, warum Sie heute morgen hierherkamen.«
Ich berichtete ihm von der Aktentasche. Holland, ein sportlich

aussehender junger Mann mit strohblonden, regenfeuchten Haaren machte sich unauffällig Notizen. Sergeant Cunningham wandte keinen Blick von mir und sprach keine Silbe, bis ich fertig war. Von seiner Miene war nicht abzulesen, ob er ein einziges Wort von all dem glaubte, was ich ihm erzählte.
Als ich geendet hatte, sagte er: »Sie hegten also gewisse Zweifel bezüglich der Aktentasche?«
»Ich wollte mich vergewissern, ob auch wirklich kein Kratzer daran war, ehe ich Alarm schlug.«
»Und deshalb kamen Sie bei dem Wetter so früh am Morgen hierher? Warum haben Sie nicht bis später gewartet?«
»Ich hatte mich lang genug damit herumgequält. Als ich mich zu einem Entschluß durchgerungen hatte, dachte ich, ich tue es lieber gleich, ehe mir der Mut ausgeht.«
»Warum sollte dazu ein besonderer Mut nötig sein?«
Ich starrte ihn an. »Keith Barnes hatte sich mit Nigel Selbridge verabredet, weil er ihm etwas Wichtiges zu sagen hatte. Keith wurde ermordet, ehe er es sagen konnte. Ich dachte mir, ich sei vielleicht auf die gleiche Sache gestoßen wie Keith. Von dem Punkt an war es nicht mehr weit zu der Überlegung, daß mir das gleiche Schicksal blühen konnte, sollte herauskommen, daß ich etwas wußte, was diesen Transaktionen schaden könnte, um was auch immer es sich handeln mag.«
»Diesen Transaktionen, ja«, wiederholte er. Ich sagte nichts. Er war durchaus in der Lage, die gleiche Schlußfolgerung zu ziehen, welche ich gezogen hatte – und das wesentlich schneller.
»Gott sei Dank, daß ich gekommen bin«, sagte ich unvermittelt. »Rhelma wäre bestimmt gestorben bis morgen früh, und da hätte man sie unter normalen Umständen ja erst gefunden.«
Seine Miene blieb ausdruckslos. »Ganz recht. Wo genau lag Mrs. Barnes, als Sie hereinkamen?«
»Gleich vor der Tür. In der Dunkelheit entdeckte ich sie erst, als ich über sie stolperte.«

»Und was taten Sie dann?«
»Ich machte Licht und kniete nieder, um festzustellen, ob sie noch lebte. Dann ging ich ins Büro und rief den Rettungswagen und die Polizei. Dann ging ich wieder zurück und legte meinen Regenmantel über sie, um sie ein bißchen zu wärmen. Ehe ich noch mehr tun konnte, kam auch schon der Rettungswagen.«
»Haben Sie irgendwelche Vorstellung, warum Mrs. Barnes hierhergekommen sein mag? Oder wie sie hereinkam?«
»Keith hatte bestimmt einen Schlüssel. Wahrscheinlich hat sie den benutzt. Warum sie gekommen ist – ich hab ihr gestern von der Aktentasche erzählt. Sie schien – sie schien fast übertrieben interessiert, als handelte es sich um etwas von persönlicher Bedeutung für sie. Deshalb versuchte ich das Ganze herunterzuspielen und sagte, ich hätte mich vielleicht getäuscht. Darauf ließ sie das Thema fallen, aber ich könnte mir vorstellen, daß sie beschlossen hatte, sich die Tasche selbst anzuschauen. Es war stets verbitternd für sie, daß man Keiths Mörder bisher nicht gefunden hat. Möglicherweise war sie genau wie ich der Meinung, daß es da einen Zusammenhang gab.«
»Wem haben Sie sonst noch von Ihrem Verdacht bezüglich der Aktentasche erzählt?«
»Niemandem.«
»Warum dann Mrs. Barnes?«
Ich zögerte. »Ich weiß nicht. Sie sah, daß mir etwas im Kopf herumging, und fragte, was los sei. Eigentlich hatte ich es gar niemand erzählen wollen.«
»Als Sie ins Büro zum Telefon gingen, was genau haben Sie da gesehen?«
»Blut auf dem Stuhl vor dem Schreibtisch, eine große Menge Blut auf dem Boden und ein Messer daneben. Ein Messer, das im Büro ständig für alles mögliche benutzt wird. Es lag wahrscheinlich auf dem Schreibtisch oder auf einem der Aktenschränke.«
»Haben Sie auch die Aktentasche gesehen?«

Ich schüttelte den Kopf. »Nein.«
»Wo wird diese normalerweise aufbewahrt?«
»Das letzte Mal sah ich sie, als ich sie in den Schrank links von der Tür stellte.«
»Und das ist üblicherweise ihr Platz?«
»Na ja, nicht immer. Sie gehört Nigel, also vermute ich, daß er sie oft mit nach Hause nimmt. Ich weiß, ich habe sie häufig irgendwo im Büro herumstehen sehen, aber nicht unbedingt in diesem Schrank.«
»Haben andere Mitarbeiter auch solche Aktentaschen? Gordon Selbridge? Martin Weldon? Sie selbst?«
»Gordon und Martin haben schwarze Aktenkoffer. Ich selbst habe gar keinen.«
Er nickte, erhob sich von der Armlehne des Sesselrahmens und ging hinüber ins Büro. Sein Kollege Holland stellte noch ein paar Fragen bezüglich des Zeitpunkts, zu welchem ich Rhelma vor ihrem Haus abgesetzt hatte, und was ich danach gemacht hatte, bis Sergeant Cunningham wieder hereinkam und die Aktentasche, die er an einer durch den Griff geschobenen Holzleiste trug, mitbrachte. Er stellte sie neben mich auf die Bank.
»Ist sie das?« Als ich nickte, forschte er weiter: »Wo war der Kratzer?«
»An der Unterseite – ungefähr dort, soweit ich mich erinnere«, erwiderte ich, indem ich auf die Stelle deutete.
»Und Sie sind absolut sicher, daß ein Kratzer vorhanden war? Es könnte nicht etwas gewesen sein, das nur an der Oberfläche festklebte?«
»Nein.«
Er sah mich an, ein langer, schweigender Blick, und je länger er schwieg, desto mehr begann ich zu grübeln, ob ich mir das Ganze nicht doch nur eingebildet hatte.
Ganz unerwartet sagte er dann: »Vielen Dank, Miss Kent. Sie können jetzt nach Hause gehen. Bitte, fahren Sie vorsichtig. Der Sturm wird immer heftiger – er dürfte seine volle Stärke in etwa einer Stunde erreicht haben –, und die Straßen sind

womöglich von heruntergerissenen Ästen oder sogar umgestürzten Leitungsmasten blockiert.«

Er war plötzlich kein Kriminalbeamter mehr, sondern ein netter, ruhiger Mann, der sich um mein Wohlergehen sorgte.

»Haben Sie eine Ahnung, wie es Rhelma geht?« fragte ich.

»Ich habe mit der Klinik gesprochen, aber die können noch nicht viel sagen. Sie wurde einmal in den Rücken gestochen, anscheinend, als sie im Vorbüro saß. Dann hat der Angreifer ihr offenbar noch einen Stich von vorne versetzt, als sie schon am Boden lag, aber das Messer ging knapp am Herzen vorbei. Vielleicht wird ein operativer Eingriff nötig sein, um festzustellen, welche organischen Verletzungen sie davongetragen hat, aber am dringendsten braucht sie zunächst eine Menge Blut. Man konnte mir noch nicht sagen, ob sie überleben wird. Wenn ja, wird das unsere Aufgabe natürlich erleichtern, weil sie uns dann sagen kann, wer sie überfallen hat.«

»Zur Hölle mit ihm«, entfuhr es mir.

Er schaute mich an.

»Sie und Mrs. Barnes waren gut befreundet?«

Ich nickte. Dann sagte ich heftig: »Sie behaupten, sie würde ihren Angreifer identifizieren können. Aber sie wurde doch angeblich erst von hinten angegriffen. Vielleicht hat sie ihn überhaupt nicht gesehen.«

»Das nehmen wir doch an. Ich bezweifle nicht, daß sie von seinen Absichten nicht die leiseste Ahnung hatte – wer setzt sich schon mit dem Rücken zu jemand, von dem er fürchtet, daß er ihn umbringen will. Aber die Tür ist nicht erbrochen, und nichts deutet darauf hin, daß es sich bei der anderen Person im Gebäude um einen potentiellen Dieb gehandelt hat. Sowohl Mr. Gordon Selbridge wie sein Bruder sind hergekommen – auf unsere Bitte hin – und haben übereinstimmend erklärt, daß weder aus dem Büro noch aus dem Safe irgend etwas fehlt.«

»Gordon und Nigel sind hier?«

»Ja. Mr. Nigel Selbridge erklärt, er habe seine Aktentasche, seit Sie sie nach Neuseeland mitgenommen haben, nicht mehr gesehen, da er sie inzwischen nicht benötigt habe.« Der Sergeant lächelte schwach. »Wir haben niemandem den Grund für unser Interesse an der Tasche verraten, das versichere ich Ihnen.«
»Was ist mit Martin? Martin Weldon? Ist er auch hier?«
Der Sergeant zog leicht die eine Augenbraue hoch. »Nein. Sollte er?«
Die Frage kam unerwartet, und ich spürte, wie ich rot wurde. »Da er unser Bilanzbuchhalter ist, dachte ich, Sie hätten ihn vielleicht aus irgendeinem Grund herbestellt. Wenn er hier gewesen wäre, hätte ich ihn bloß gern gesehen, das ist alles.«
»Ist er ein guter Freund von Ihnen?«
»Ja.«
Offenbar sagte ich das mit einem gewissen Nachdruck, denn der Sergeant schmunzelte mit einem deutlich belustigten Zwinkern in seinen blauen Augen.
»Ach so. Wir werden zu gegebener Zeit natürlich jeden befragen, der mit der Firma zu tun hat. Aber Sie müssen sich darüber klar sein, daß dieser Anschlag möglicherweise in keinerlei Zusammenhang mit der Firma steht. Es könnte sich um einen persönlichen Racheakt gegen Mr. und Mrs. Barnes handeln. Zuerst wurde Mr. Barnes ermordet, und dann wurde ein Anschlag auf das Leben seiner Frau verübt.«
»Sie glauben, sie könnte ihren Angreifer hereingelassen haben?«
»Oder mit ihm hereingekommen sein. Entweder das, oder der Betreffende hatte selbst einen Schlüssel. Auf jeden Fall hat Mrs. Barnes mit ziemlicher Sicherheit von seiner Anwesenheit hier gewußt. Wenn sie ihm nicht selbst mitgeteilt hat, daß sie herkommen wollte, sehe ich nicht, wie er darüber Bescheid wissen konnte, es sei denn, er kam zufällig herein, als sie da war.«
»Wo war die Aktentasche?«
»Im Schrank, wie Sie gesagt hatten.« Der Sergeant machte

eine Pause und fügte dann ernst hinzu: »Ich sehe keinen Grund, Ihnen zu verschweigen, daß sich ein Fleck darauf befindet, bei dem es sich fast mit Sicherheit um einen Blutfleck handelt. Das läßt vermuten, daß sich die Tasche in Mrs. Barnes' unmittelbarer Nähe befand, als sie angegriffen wurde, und daß der Angreifer sie dann selbst weggeräumt hat. Ihr Verdacht braucht nicht unbedingt begründet zu sein. Miss Kent, aber ich würde Ihnen dringend raten, niemandem sonst davon zu erzählen – niemandem.«
Wir sahen einander eine Weile schweigend an.
»Ich möchte wissen«, sagte ich langsam, »wieso er sie vom Büro zur Eingangstür geschleppt hat. Wenn er die Absicht gehabt haben sollte, sie wegzubringen, warum hat er es sich dann plötzlich anders überlegt? Ich kann ihn nicht dabei gestört haben. Das Blut war schon weitgehend getrocknet, die Tat muß also bereits während der Nacht geschehen sein. Warum machte er sich also die Mühe, sie da hinauszuschleppen, nur um sie einfach liegenzulassen?«
»Wenn der Angreifer eine Frau war«, gab der Sergeant ruhig zurück, »könnte diese ganz einfach gemerkt haben, daß ihr der Körper zu schwer war. Aber wir nehmen an, daß der Täter Mrs. Barnes am Tatort liegengelassen hat. Dort befindet sich sehr viel mehr Blut als irgendwo sonst, daher vermute ich, daß sie eine Weile dort gelegen hat. Wahrscheinlich hat sie irgendwann das Bewußtsein wiedererlangt und versucht, zur Eingangstür zu kriechen, um Hilfe zu holen.«
»Aber – warum hat sie dann nicht das Telefon auf dem Schreibtisch benutzt?«
»Wir können nur annehmen, daß sie zu schwach war, sich so weit aufzurichten, um an den Apparat zu gelangen. Oder aber – und das halte ich für wahrscheinlicher – sie war halb bewußtlos und zu einem klaren Gedanken nicht fähig.«
Ein Schauder durchlief mich, als ich mir ausmalte, wie meine hellhaarige, sanftäugige junge Freundin, halb von Sinnen vor Schmerz und Schwäche, blindlings über den Boden kroch, nur noch getrieben von dem primitiven Instinkt des Überle-

benwollens.
Ein anderer Beamter erschien in der Tür und sagte etwas zu Sergeant Cunningham, worauf dieser sich zu mir umdrehte.
»Miss Kent, dürfte ich einmal Ihren linken Schuh sehen?«
Ich zog ihn aus, und die beiden Männer drehten ihn herum und betrachteten prüfend die Sohle. Dann nahm der zweite Mann ihn mit und brachte ihn nach zwei Minuten mit enttäuschter Miene wieder zurück.
»Danke, Miss Kent«, sagte er kurz. »Es war ein Schuhabdruck auf dem Teppich, aber der stammt offenbar von Ihnen. Anscheinend haben Sie ihn hinterlassen, als Sie das Telefon benutzten.«
Ich zog den Schuh wieder an und stand auf. Mir war kalt. Ich war in eine noch nicht ganz trockene Blutlache getreten, und an meinem Schuh klebte das Blut meiner Freundin. Mir war kalt an Leib und Seele.
»Ich fahre nach Hause«, sagte ich tonlos.
Cunningham nickte. »Natürlich. Sie müssen Ihre Aussage später unterschreiben, aber das hat noch Zeit. Und denken Sie an meine Warnung.«
»Fahr vorsichtig und sprich nicht mit Fremden«, sagte Nigel von der Türschwelle her.
Ich zuckte zusammen. Seine Worte kamen der Wahrheit unbehaglich nahe.
»Auf jeden Fall das erstere, Mr. Selbridge«, bemerkte der Sergeant im Hinausgehen leichthin.
Nigel stand da und schaute mich an. Es war das erste Mal, daß ich ihn wiedersah seit Gordons Trinkspruch auf Julian und Eleanors anklagender Rede. Dann kam mir zu Bewußtsein, daß das erst sechsunddreißig Stunden zurücklag. Es schien fast unmöglich, daß seitdem nur so kurze Zeit vergangen war. Nigels Gesichtsausdruck ließ vermuten, daß er nicht viel geschlafen hatte, doch was hinter den haselnußbraunen Augen und dem ungerührten Lächeln vorging, blieb mir rätselhaft.
»Bist du in Ordnung?« Seine Stimme klang besorgt. »Du zit-

terst ja.«
Ich nickte. »Mir ist kalt. Ich bin ein bißchen naß geworden, als ich herkam, aber ich glaube, es ist eher Schock oder so was.«
»Warte.« Er ging in sein eigenes Büro und kam mit einem Pullover zurück. »Da, zieh den über.«
Ich gehorchte. Der Pullover war mir um etliche Nummern zu groß, aber ich rollte die Ärmel hoch und fühlte mich weniger durchgefroren.
»Nigel«, sagte ich rauh, »wer hat das getan? Es war einer von uns – von der Firma, meine ich. Die Polizei meint, nicht unbedingt, aber es muß so sein. Weshalb sonst hier? Warum wäre sie hergekommen, wenn das Ganze nicht irgendwie mit der Firma zu tun hätte?«
Er schüttelte den Kopf.
»Ich weiß nicht, Patricia. Genausowenig wie bei Keith. Und ich habe das scheußliche Gefühl, daß wir wieder vor einer Mauer stehen werden, es sei denn, Rhelma kann denen sagen, wer es war. Keinem kann man was nachweisen und wahrscheinlich auch keinen entlasten. Mich jedenfalls nicht. Ich war wieder einmal allein zu Hause. Gordon war zu Hause – ist aber nach dem Abendessen auf einen kurzen Besuch zu Mutter gefahren.
Christine hat die Kinder zu einer Filmvorstellung in die Stadt gefahren und nachher wieder abgeholt, und niemand kann bezeugen, was sie dazwischen gemacht hat. Eleanor war zu Hause in ihrer Wohnung und hat kein Auto. Aber sie ist ausgezeichnet zu Fuß – also bedeutet die Tatsache, daß sie kein Auto hat, gar nichts. Es wäre für sie dadurch nur noch viel leichter gewesen, ihre Wohnung unbeobachtet zu verlassen. Bei Martin weiß ich's nicht, aber wenn er nicht viel Glück hat, wird auch er allein zu Hause gewesen sein – ohne Zeugen. Weiß Gott, wie's bei den übrigen Mitarbeitern hier ist, aber bei Keiths Ermordung waren die ja so ziemlich aus dem Schneider. Vermutlich könnte man sogar sagen, daß auch Mutter nach Gordons Besuch kein Alibi hatte.«

»Bei mir ist es ebenso.«
»Bei dir? Du stehst ja wohl kaum unter Verdacht.« Er lächelte. »Wenn du Rhelma hättest umbringen wollen, wärst du wohl schwerlich am frühen Morgen bei einem solchen Wetter wieder hierhergekommen, nur um ihre Leiche zu finden. Und hättest, als diese noch Lebenszeichen von sich gab, wohl kaum einen Krankenwagen gerufen, um sie zu retten – und aussagen zu lassen. Nein, du bist die einzige von uns, die frei ist von jedem Verdacht. Warum zum Teufel warst du eigentlich hier?«
Ich blinzelte verwirrt. Ich hatte noch keine Zeit gehabt, mir einen plausiblen Vorwand auszudenken.
»Als ich aufwachte und hörte, wie es regnete und stürmte, hatte ich plötzlich das schreckliche Gefühl, daß ich am Freitag das Dachfenster im Büro offengelassen hatte«, erklärte ich. »Ich sah schon den ganzen Raum unter Wasser stehen.«
Er schien mein Zögern nicht bemerkt zu haben, sondern nickte bloß. »Na, dann geh ich mal wieder. Ein netter, höflicher junger Polizist begleitet mich nach Hause, um meine Wohnung nett und höflich nach blutverschmierten Kleidungsstücken zu durchsuchen – was sie freilich nicht so taktlos formuliert haben.«
Er wandte sich zum Gehen, blieb dann plötzlich stehen und blickte zu mir zurück. »Und, Patricia, denk um Gottes willen an die Warnung des Sergeanten, was auch immer damit gemeint war!«
Als er fort war, schien die Fabrik mir plötzlich leer, obwohl ich Stimmen in den Büroräumen hörte und wußte, daß da noch allerhand Betrieb war. Aber das ging mich nichts mehr an. Meine Rolle war gespielt, ich wurde nicht mehr gebraucht. Man hatte mir geraten, nach Hause zu gehen.
Doch die Aussicht, allein nach Hause in meine leere Wohnung zu fahren, schien mir unerträglich. Ich mußte mit jemandem sprechen. Ich mußte mit Martin sprechen. Ich brauchte ihn, wie ich noch nie einen Menschen in meinem Leben gebraucht hatte. Wenn ich seine Arme um mich

spürte, die Wärme und Kraft und Lebendigkeit seines Körpers, dann würde ich vielleicht das Schreckliche verkraften können, das ich erlebt hatte.
Ich bedachte den Polizeibeamten, der mir die Eingangstür öffnete, nur mit einem flüchtigen Blick, dann rannte ich mit gesenktem Kopf durch den peitschenden Regen zu meinem Wagen. Der Sergeant hatte recht: Der Sturm war noch stärker geworden; gegen ihn anzukämpfen erforderte schwere körperliche Anstrengung. Bis ich die Autotür aufbekam, war ich wieder klatschnaß, aber ich merkte es kaum. Ich fuhr, so schnell ich es wagte, sah mich jedoch gezwungen, die Warnung des Sergeanten zu beherzigen. Die Scheibenwischer vermochten zeitweise die Wassermengen kaum zu bewältigen, und ständig prasselte ein Hagel von Laub und Zweigen von den Bäumen auf die Straße.
Auf der Strecke bergauf begegnete ich keinem anderen Auto, und ich dachte schon, ich sei die einzige Verrückte unterwegs. Aber ich irrte mich.
Als ich in die Nähe von Martins Haus gelangte, das etwa einen halben Kilometer vom stufenartig abfallenden Rand des Hochplateaus entfernt lag, erblickte ich einen Reiter, der anscheinend von der Farm jenseits des Flüßchens kam. Selbst bei dem strömenden Regen war er nicht zu verkennen. Es war Martin auf Mindy.
Warum er sich ausgerechnet einen solchen Morgen zum Ausreiten ausgesucht hatte, konnte ich mir nicht vorstellen. Wahrscheinlich war es typisch für Martin; es schien ihm schiere Freude zu sein, dem heulenden Sturm die Stirn zu bieten. Ich parkte mein Auto am Straßenrand, neben dem Pferdestall, wo bereits sein Auto stand. Mit einiger Bestürzung sah ich nun, daß die Brücke über den Fluß mehr als einen Meter hoch von schäumenden braunen Wassermassen überspült wurde – unpassierbar für jedes Fahrzeug und mehr noch für ein Pferd.
Ein vorbeiziehender Nebelfetzen verdeckte Pferd und Reiter für einen Augenblick, dann sah ich, daß Martin nicht über

die Brücke, sondern ein Stück weiter flußaufwärts hinüberwollte. Der Fluß war dort schmaler, und Mindy konnte zweifellos ohne Gefahr hinüberschwimmen. Martin sah mich und winkte. Seine ganze Haltung verriet, daß ihm das Abenteuer Spaß machte, und meine Angst vor dem Zyklon erschien mir plötzlich absurd. Ich lachte über mich selbst und kletterte aus dem Auto. Viel nasser konnte ich nicht werden, und was machte das auch schon?

Die Stute zeigte keinerlei Scheu vor dem Wasser. Vorsichtig, aber ohne zu zaudern stieg sie hinein und begann sofort kräftig zu schwimmen. Martin saß locker im Sattel. Die beiden boten ein Bild absoluten Vertrauens zwischen Mensch und Tier. Natürlich wurde Mindy durch die Strömung ein Stück abgetrieben, doch sie hätte es leicht geschafft.

Ich sah den Baum, Sekunden bevor er gegen sie geschwemmt wurde – ein kleiner Baum, der irgendwo vom Flußufer weggespült und von der Strömung mitgerissen worden war. Ich schrie: »Martin!« Doch selbst wenn er mich gehört hätte, er hätte nichts mehr tun können. Er und Mindy wurden von den schwimmenden Ästen erfaßt und herumgewirbelt. Dann trieben sie plötzlich nicht weiter flußabwärts, sondern verharrten auf der gleichen Stelle. Mit einer Mischung aus Hoffnung und Schrecken erinnerte ich mich, daß es an dieser Stelle einen Zaun durch den Fluß gab, denn normalerweise war dies ein freundlicher seichter Bach, durch den das Vieh mühelos hindurchwatete. Offensichtlich hatte die Strömung ein paar Zaunpfähle herausgerissen, und der Zaun schwamm nun auf der Wasseroberfläche.

Baum, Pferd und Mann – sie alle hatten sich im Stacheldraht verfangen.

Ich wußte nicht mehr, wie ich die paar Meter zum Fluß hinuntergelaufen war, aber ich stand am Ufer, als Martin sich aus dem Sattel schwang und mit kräftigen Stößen auf mich zuschwamm. Er packte meine ausgestreckte Hand, und gleich darauf stand er auf sicherem Boden, und wir hielten einander fest umarmt.

Schließlich schob er mich von sich fort und schaute mir ins Gesicht.
»Patricia! Was zum Kuckuck machst du hier bei diesem Wetter? Du siehst aus wie eine ersäufte Katze!«
Ich lachte mit zitternder Stimme.
»Ein schönes Kompliment. O Martin, du hast mich vielleicht erschreckt! Und warum ich hier bin – ich mußte dich einfach sehen. Hat die Polizei dich schon verständigt?«
Er machte ein verdutztes Gesicht.
»Die Polizei? Ich kam gestern abend nach meinem Ausflug zur Goldküste ziemlich spät nach Hause und ging gleich ins Bett. Sämtliche Telefone hier oben funktionieren heute morgen nicht – anscheinend sind die Leitungen kaputt. Warum? Was sollte die Polizei von mir wollen?«
»Wegen Rhelma. Sie ist erstochen worden.«
»Rhelma!« Ich spürte, wie ein Ruck durch seinen Körper ging, und fragte mich zum zweiten Mal in einer flüchtigen Anwandlung von Eifersucht, ob Rhelma Barnes ihm etwas bedeutete oder bedeutet hatte.
»Ich habe sie heute morgen gefunden. Sie . . .«
»Du hast sie gefunden?« Seine Augen verdunkelten sich. »O mein Gott. Wie? Wo?«
»Ich hatte etwas in der Firma zu tun. Sie lag bewußtlos auf dem Boden.«
Er starrte mich an. »Sie ist nicht tot?«
»Nein, Gott sei Dank. Jedenfalls noch nicht. Ich weiß nicht, ob sie überleben wird. Die Polizei erklärt, das Krankenhaus könne noch nichts sagen . . .«
Ich hielt inne. Ein Geräusch drang an mein Ohr, ein schriller, verzweifelter Laut, aber ich wußte, es war keine menschliche Stimme. Mit einem Ruck wurde ich in die Gegenwart zurückgeholt. Ich starrte an Martin vorbei auf die schaumig gurgelnde, reißende Flut.
»Martin!« schrie ich. »Mindy hat sich am Stacheldraht verfangen!«
Die Stute strampelte verzweifelt, um sich aus dem Gewirr

von Ästen und Drähten zu befreien. Hin und wieder tauchte sie dabei im unaufhörlich ansteigenden Wasser völlig unter.
»Wir müssen sie herausholen, schnell!« rief ich. »Schau – ich glaube, sie hat sich mit dem einen Steigbügel im Draht verheddert. Sieh mal jetzt – wie sie sich loszureißen versucht.«
Er blickte zu der Stute hin, ohne sich zu rühren.
»Los, komm schon!« rief ich.
Er packte mich am Arm.
»Wir können nichts tun«, sagte er mit unbewegter Stimme. »Der Damm droben bei der Farm hält nicht mehr lange. Wenn er nachgibt, wird das Wasser sehr schnell höher steigen.«
»Dann müssen wir uns beeilen.«
Ich stürzte los, aber er hielt mich zurück.
»Sei keine Idiotin!« fuhr er mich an. »Wir werden alle ertrinken, wenn wir versuchen, sie rauszuholen. Sie ist in Panik. Wahrscheinlich würde sie uns unter Wasser ziehen, selbst wenn der Damm nicht vorher bräche.«
»Wir können sie doch nicht einfach im Stich lassen.«
»Es bleibt uns nichts anderes übrig.«
Ich drehte mich heftig zu ihm um.
»Damals bei den Wasserfällen – da hat sie dir das Leben gerettet.«
»Glaubst du, das hätte ich vergessen? Aber das ist kein Grund, es jetzt aufs Spiel zu setzen. Ich war gerade in diesem Wasser. Wir hätten keinerlei Chance.« Er zog mich wieder fest an sich, so daß ich das todgeweihte Pferd nicht mehr sehen konnte. »Meine liebste Patricia, du möchtest alle Welt retten. Wer außer dir hätte gestern riskiert, sich den Hals zu brechen, um dieses Feigenfresserjunge wieder in sein Nest zu setzen? Ich möchte dich gar nicht anders haben. Aber es gibt Zeiten, da mußt du vernünftig sein und einsehen, daß man nichts machen kann. Komm, laß uns gehen. Am besten siehst du nicht zu, wie es passiert. Es wird ganz schnell gehen, sobald der Damm bricht.«
»Das können wir nicht!« schluchzte ich. »Wir können sie nicht einfach im Stich lassen.«

»Wir müssen. Los, steig in dein Auto und fahr hinter mir her zu Eleanors Haus. Ich denke, dort sollten wir hin. Dort wird auch die Polizei hinkommen, also versammeln wir uns am besten alle dort.«

Er nahm mich fest bei der Hand, führte mich zu meinem Wagen und half mir beim Einsteigen.

»Das Pferd ist am Ende, Patricia. Es hatte ein gutes Leben, jetzt ist es am Ende. Vergiß es. Es ist schließlich nur ein Tier.«

Er rannte durch den Regen zu seinem Auto und fuhr davon.

Ich saß da wie betäubt. In mir tobte ein so grausamer, fassungsloser Schmerz, daß ich das Gefühl hatte, nicht zu wissen, wie ich die nächsten zehn Minuten durchstehen würde, geschweige denn das übrige Leben, das vielleicht noch vor mir lag.

Alles, woran ich im ersten Augenblick, als mich die Erkenntnis traf wie ein Blitzschlag, denken konnte, war Martins Stimme, wie sie sagte: »Es ist schließlich nur ein Tier.«

Und fast widersinnigerweise vernahm ich wieder die Stimme meines Chefs in Melbourne: »Es ist ja nur die Putzfrau.«

Was Martin vorher gesagt hatte, ehe er Mindy endgültig ihrem Schicksal überließ, hatte ich zunächst nicht richtig aufgenommen; aber danach wußte ich sofort Bescheid.

Martin wußte von dem Feigenfresserjungen. Die einzige Art, wie er davon erfahren haben konnte, war durch Rhelma. Und wenn er mit Rhelma gesprochen hatte, so konnte das nur gestern abend geschehen sein – als er nach seiner Behauptung spät von der Goldküste zurückgekommen und sofort zu Bett gegangen war.

Ich saß da und starrte durch den Regen auf die Straße, die Martin eben entlanggefahren war. Der Schmerz in mir war so wirklich, als hätte ich eine körperliche Verletzung erlitten statt einer seelischen; zwar verschleierte der Regen meine Sicht, aber es gab nichts, was gnädig meine Gedanken getrübt hätte.

Martin – Martin, den ich geliebt und nach dem ich mich noch vor zehn Minuten mit allen Fasern meines Herzens gesehnt hatte – Martin hatte brutal und hinterhältig versucht, eine nichts Böses ahnende junge Frau, die ihm vertrauensvoll von unserem Ausritt erzählte, zu ermorden. Was hatte sie ihm sonst noch erzählt? Es bestand kaum ein vernünftiger Zweifel, daß sie in die Fabrik gegangen war, um sich als Reaktion auf meinen zuvor geäußerten Verdacht die Aktentasche selbst anzuschauen. Fast sicher hatte sie Martin gebeten, ebenfalls zur Fabrik zu kommen. Warum Martin? Der Grund, dachte ich bitter, war vermutlich der gleiche, aus dem ich mich an ihn gewandt hatte – weil sie ihm vertraute.

Vielleicht hätte ich solchen Gedanken noch lange weiter nachgehangen, bis es zu spät war, wäre nicht in diesem Augenblick ein großer Gummibaum mit mächtigem Stamm vom Sturm mitsamt seinem Wurzelballen aus der Erde gerissen worden und quer über die Straße gestürzt, die damit für jedes Fahrzeug völlig unpassierbar wurde.

Verstört um mich blickend, sprang ich aus dem Wagen. Mein Schmerz, meine verletzten Gefühle konnten warten. Rhelma war in tödlicher Gefahr. Ich Dummkopf! Warum hatte ich das nicht sofort erkannt? Martin hatte mir gesagt, ich sollte ihm zu Eleanors Haus folgen. Aber er selbst würde nicht dorthin fahren, sondern zum Krankenhaus. Was er tun mußte, wenn Rhelma noch lebte, war gefährlich, und er riskierte, entdeckt zu werden; aber es blieb ihm nichts anderes übrig, denn wenn sie überlebte, würde sie ihren Angreifer identifizieren können.

Da hörte ich abermals das verzweifelte Wiehern und fuhr herum. In meiner eigenen Seelennot hatte ich die todgeweihte Stute völlig vergessen.
»Mindy!« schrie ich und rannte zum Fluß hinunter.
Plötzlich war es mir ganz gleich, ob ich bei dem Unternehmen mein Leben verlor; ich mußte versuchen, sie zu befreien. Sonst gab es im Augenblick auf der Welt nichts zu tun, was der Mühe wert gewesen wäre. Ich konnte rechtzeitig nirgendwo hingelangen, um die Polizei oder das Krankenhaus zu warnen. Mein Auto war zwischen dem umgestürzten Baum und dem angeschwollenen Fluß blockiert. Alle Telefonleitungen in der Gegend waren kaputt. Es schien mir, als wäre das einzig Sinnvolle, was mir zu tun übrigblieb, ein Versuch, die Stute zu retten. Und wenn ich es nicht schaffen und wir beide dabei ertrinken sollten, dann hatte ich sie wenigstens nicht verraten, so wie ich verraten worden war.
»Ich komme, Mindy! Ich komme!« rief ich zweckloserweise immer wieder.
Ich ging ein Stück weiter oberhalb ins Wasser, so daß mich die Strömung auf das Gewirr von Ästen zutrieb, in denen Mindy festhing. Stachlige Zweige zerkratzten mir Gesicht und Hände, und ich schürfte mir die Beine an den unter Wasser liegenden Ästen, während ich mich zu Mindy durchkämpfte. Hin und wieder schwappte das Wasser mir über den Kopf.
Endlich bekam ich ihren Sattel zu fassen.
»Schon gut, altes Mädchen, schon gut«, ächzte ich. »Ich bin ja da. Ist schon –«
Eine Welle klatschte mir ins Gesicht, und ich verstummte prustend und keuchend. Mindy strampelte jetzt viel weniger heftig, ob aus Hoffnung oder aus Erschöpfung, konnte ich nicht erkennen.
Wenn meine Theorie stimmte und sie nur deshalb festhing, weil ein Steigbügel sich im Draht verheddert hatte – bei dem Durcheinander von Wasserstrudeln und hin und her schnellenden Zweigen ließ sich das nicht feststellen –, dann wäre

sie frei, sobald ich ihren Sattel losbekam. Die Gurtschnalle mußte sich flußaufwärts, das heißt auf meiner Seite, befinden, und die Kraft der Strömung hielt mich gegen Mindys Flanke gepreßt. Um an die Gurtschnalle heranzukommen, mußte ich allerdings mit dem Kopf unter Wasser und hoffen, daß ich mich nicht selber unten verfing.
In einer klareren Geistesverfassung hätte ich den Versuch wohl nie gewagt.
Da ich unter Wasser ohnehin nichts sehen würde, schloß ich die Augen, um sie vor den gesplitterten Ästen und Zweigen zu schützen, und tauchte unter die Oberfläche, indem ich mich mit der einen Hand am Sattel festhielt und mit der anderen am Gurt entlangtastete, bis ich die Schnalle spürte. Dann packte ich den nassen Lederriemen mit beiden Händen und zog.
Er rührte sich nicht.
Ich tauchte auf, um Luft zu schnappen, und Mindy bäumte sich so heftig, daß sie mich beinahe abgeschüttelt hätte.
»Halt still, Mindy!« schrie ich.
Wieder tauchte ich unter, und wieder schaffte ich es nicht. Beim Auftauchen schluchzte ich vor Zorn und Verzweiflung. Martin hatte dieses wunderschöne Tier dem Tod ausgeliefert.
Ich zerrte an dem Riemen, und diesmal gelang es mir, das lose Ende durch das Vorderteil der Schnalle zu ziehen.
Ein Gefühl freudiger Erleichterung wallte in mir auf.
»Warte, Mindy, vielleicht schaffen wir's doch!« rief ich beim Auftauchen der Stute zu.
Wieder ging's hinunter. Ich zerrte mit all meinen schwindenden Kräften, und plötzlich rutschte der Riemen über den Dorn der Gurtschnalle. Als ich hochkam, versetzte ich dem Sattel einen Stoß, und er glitt leicht von Mindys Rücken herunter.
Ich packte die herabhängenden Zügel, klammerte mich am Hals der Stute fest und versuchte, sie dazu zu bewegen, sich umzudrehen. Nun mußte ich beten, daß ihre Beine frei wa-

ren und es wirklich nur der verklemmte Steigbügel gewesen war, der sie festgehalten hatte.
Sie drehte sich herum, und ich hing mit eingezogenem Kopf an ihrem Hals, während sie in einer Reihe von verzweifelten Sätzen dem Ufer zustrebte. Obwohl mir die Arme beinahe aus den Schultergelenken gerissen wurden, schaffte ich es, mich am Zaumzeug festzuklammern, bis wir beide sicher das grasbewachsene Ufer erreicht hatten. Dort ließ ich mich fallen und blieb würgend, hustend und Wasser spuckend mit dem Gesicht nach unten auf dem Boden liegen.
Ich weiß nicht, wie lange ich dalag, aber wahrscheinlich waren nicht mehr als zwei oder drei Minuten vergangen, bis ich mich umdrehte und auf die Füße rappelte. Mindy stand ein paar Meter entfernt. Sie bebte am ganzen Leib, betrachtete mich jedoch unverwandt mit ihren klugen dunklen Augen. Ich ging zu ihr hin. Sie drückte die samtweichen Nüstern gegen meine Brust, und ich tätschelte sie und flüsterte ihr unsinnige Koseworte ins Ohr. Ich zitterte genauso heftig wie sie, aber während ich ihren Hals umschlungen hielt, spürte ich, wie wieder Leben in mich zurückkehrte. Mir wurde klar, daß, falls Mindy nicht allzu schwer verletzt war, mir damit ein Fortbewegungsmittel zur Verfügung stand, dem umgestürzte Bäume nichts anhaben konnten.
Es gab eine Farm am Rande des Hochplateaus, nicht mehr als einen halben Kilometer entfernt – weniger noch, wenn ich quer über die Koppel ritt. Rhelma und ich waren die gleiche Strecke oft geritten, daher wußte ich genau, wo sich die Gatter befanden. Sollte auch dort das Telefon nicht funktionieren, so gäbe es dort zumindest Fahrzeuge – ein Auto und einen Kleinlaster, wenn ich mich recht erinnerte. Vielleicht hatte ich doch noch eine Chance, Martin aufzuhalten; denn selbst wenn er das Krankenhaus erreicht hatte, würde er doch erst eine günstige Gelegenheit abwarten müssen.
Ich ließ meine Hand prüfend über Mindys Körper gleiten. Sie hatte zahlreiche Schnitte und Schürfwunden davongetragen, und unter normalen Umständen wäre mir nicht im

Traum eingefallen, ein Pferd in einem solchen Zustand zu reiten. Kein anständiger Mensch hätte das getan. Aber sie schien keine schwereren Verletzungen zu haben, und als ich sie ein Stück am Zügel führte, hinkte sie nicht. Ich war noch nie in meinem Leben ohne Sattel geritten, aber darüber machte ich mir im Augenblick nur insoweit Gedanken, als ich ohne Bügel nicht aufsitzen konnte. Ich führte Mindy zu dem umgestürzten Baum, kletterte auf den Stamm, wo er am dicksten war, und schwang mich auf den Pferderücken.
Die Stute gehorchte bereitwillig, als komme sie aus einem warmen, trockenen Stall statt aus den tobenden Wassermassen des Flusses, der uns um ein Haar beide umgebracht hätte. Vielleicht war es das erhebende Bewußtsein, noch am Leben zu sein und etwas tun zu können – auf jeden Fall, davon bin ich überzeugt, bestand ein besonderes Zusammengehörigkeitsgefühl zwischen uns, als wir über die Koppel jagten, daß der nasse Boden unter Mindys Hufen aufflog. Ich klammerte mich an ihre Mähne und spürte das Zusammenziehen und Strecken ihrer Muskeln unter mir.
Wir waren schätzungsweise ein paar hundert Meter geritten, als mir bewußt wurde, daß der Regen aufgehört hatte, und zwar so plötzlich, als hätte jemand den Hahn zugedreht. Ich warf einen schnellen Blick zum Himmel. Die Wolken rissen auf, und es herrschte fast völlige Windstille. Ein Hoffnungsfunken flackerte in mir auf, als sei das bei allem Unglück ein günstiges Vorzeichen.
Als ich mich hinunterbeugte, um das letzte Gatter vor dem Farmhaus zu öffnen, brach die Sonne hervor, strahlend und heiß, als wollte sie nicht nur meine Glieder unter den nassen Kleidern, sondern auch mein frierendes Herz erwärmen. Zwei Hunde sprangen uns kläffend entgegen, als ich vor dem Gartentor anhielt, von Mindys Rücken herabrutschte und zur Haustür rannte.
Auf mein Klopfen kam keine Antwort. Ich rief. Ich schrie. Ich lief hinüber zur Scheune und rief: »Hallo! Ist da jemand? Helft mir, bitte! Bitte!«

Eine schwarzweiße Katze kam vorsichtig aus der Scheune, sonst rührte sich nichts.
Eine Weile konnte ich es nicht glauben. Ich rief und klopfte, rannte schließlich ums Haus und rüttelte an der Hintertür. Als diese sich überraschend öffnete, stürzte ich ohne Zögern hinein und griff zum Telefon. Die Leitung war tot. Ich rannte hinaus zur Garage. Bestimmt würde wenigstens eins der Fahrzeuge da sein. Wenn ich den Schlüssel fand, würde ich es einfach nehmen.
Die Garage war leer. Ich fing an zu weinen. Ich schluchzte vor Zorn über die Ungerechtigkeit des Schicksals; alles schien sich verschworen zu haben, mich an Rhelmas Rettung zu hindern. Durch meine Tränen hindurch blickte ich hinunter auf das Dach von Eleanors Haus, das am Fuß des Hochplateaus zwischen den Bäumen hindurchschimmerte – an die hundert Meter tiefer gelegen, aber so täuschend nahe, daß es aussah, als könnte ich einen Stein darauf werfen. Dabei waren es auf der Straße mindestens zehn Kilometer bis dort.
Eine Sturmbö heulte durch die Baumwipfel und gleich darauf noch eine. Die Sonne verschwand wieder in den Wolken, und nahezu gleichzeitig peitschte abermals der Regen los, diesmal aus der entgegengesetzten Richtung als zuvor. Der Sturm packte mich, als wollte er mich hochheben und über den Rand des Plateaus auf Eleanors Haus hinabschleudern.
Ich begriff, was geschehen war: Das Auge des Zyklons war über uns hinweggezogen, eine Verschnaufpause mit Windstille und Sonne, ehe die andere Hälfte des Sturmwirbels über uns hereinbrach.
Der Schock über die Wiederkehr des Unwetters riß mich aus meiner kopflosen Hysterie, und ich konnte wieder zusammenhängend denken.
Anscheinend waren tatsächlich alle Telefonleitungen in der Gegend außer Betrieb, und selbst wenn ich woanders doch noch ein Fahrzeug auftreiben konnte, war es fraglich, ob die übrige Strecke zwischen hier und der Stadt passierbar oder durch weitere umgestürzte Bäume blockiert sein würde.

Doch direkt unterhalb von mir stand Eleanors Haus, das an ein anderes Telefonnetz angeschlossen war. Zwischen hier und dort gab es keine direkte Straße, nicht einmal einen Fußweg, aber ein paar hundert Meter von da, wo ich stand, zog sich ein Hügelkamm mit starkem, aber nicht unüberwindlichem Gefälle zum Tal hinunter. Ich hatte oft Vieh dort weiden gesehen. Wenn Kühe dort hinauf und hinunter konnten, so schaffte das auch ein Pferd.

Ich rannte zurück zu Mindy, die noch am gleichen Fleck stand, wo ich sie gelassen hatte, die Hinterhand dem Sturm zugekehrt. Sie blutete noch immer aus zahlreichen Verletzungen.

»Schaffst du's, Mindy?« fragte ich flehend.

Gerade noch rechtzeitig fiel mir ein, daß ich diesmal keine Ahnung hatte von der Beschaffenheit des Geländes. Eine kurze Suche in einer der Scheunen förderte eine Drahtschere zutage. Was die Farmer von mir denken würden, wenn ich ihre Weidezäune zerschnitt, darüber wollte ich mir nicht den Kopf zerbrechen.

Ich ritt in gestrecktem Galopp einen steinigen Feldweg entlang bis zum oberen Ende des Hügelkamms. Der Regen stach mir wie mit Eisnadeln ins Gesicht, Blätter und Zweige wirbelten durch die Luft. Ich entdeckte ein Zaungatter, riß es auf und trieb Mindy hindurch. Der Abhang war verräterisch schlüpfrig. Mindy schlitterte, fast auf der Hinterhand rutschend, in einer Folge von mächtigen Sätzen hinab, die Augen weit geöffnet, doch mehr in Konzentration denn in Furcht, die Vorderbeine steif nach vorn gestreckt und mit den Hufen im nassen Erdreich Halt suchend, während ich mich an ihrer Mähne festkrallte und auf ihrem Rücken klebte wie eine Klette.

Weiter unten am Steilhang waren wir vor der ärgsten Gewalt des Sturmes geschützt, aber der Regen prasselte mir mit unverminderter Heftigkeit auf Gesicht und Hände. Einige Male tauchte Gestrüpp vor uns auf, und einmal versperrte uns ein gestürzter Baum den Weg, aber jedesmal warf sich die Stute

geschickt zur Seite und schlitterte an dem Hindernis vorbei. Endlich lag der Steilhang hinter uns, und sofort packte uns wieder der heulende Sturm. Wir befanden uns auf unwegsamem, aber flacherem Gelände und stießen sehr bald auf einen Zaun. Ich bückte mich über Mindys Hals, und mit einer Kraft, die ich meinen zitternden Händen nicht zugetraut hatte, schnitt ich den Stacheldraht entzwei.
Nun ging das Gelände in Weideland über, und mit Händen und Knien trieb ich Mindy zum Galopp. Das hätte uns beiden das Leben kosten können. Keine von uns sah in dem hohen Gras den Bachlauf quer über unserem Weg, den der sintflutartige Regen tief ausgewaschen hatte.
Glücklicherweise ging alles so schnell, daß mir keine Zeit zum Handeln blieb, denn sonst hätte ich bestimmt instinktiv die Zügel angezogen, um Mindy zum Stehen zu bringen – und das hätte sie niemals rechtzeitig geschafft. Ich spürte, wie sie ihre Muskeln anspannte und sprang. Ich war noch nie mit einem Pferd über ein Hindernis gesprungen, aber Mindys Geschick glich meine Unerfahrenheit wieder aus. Irgendwie schaffte sie es, und Minuten später waren wir bei dem Haus angelangt.
Während ich zur Hintertür lief, rief ich laut: »Christine! Christine!«
Zum zweiten Mal stand ich vor einem leeren Haus. Selbst bei diesem Sturm hätte niemand meine Rufe überhören können. Auch in Eleanors Wohnung rührte sich nichts, als ich an die Eingangstür hämmerte. Nur Tessa, die Hündin, jaulte hoffnungsvoll aus der Waschküche, wo man sie offenbar zum Schutz vor dem Wetter eingesperrt hatte. Aber ich hatte jetzt keine Zeit, um sie zu trösten.
Ich überlegte nicht einmal lange, wohin sie alle gegangen sein mochten. Diesmal funktionierte mein Verstand. Bei meinem ersten Besuch hatte man mir gezeigt, wo der Reserveschlüssel für die Hintertür unter einer losen Fliese aufbewahrt wurde. Mit tastenden Fingern fischte ich ihn heraus und sperrte die Tür auf. Vielleicht käme ich doch

noch zurecht, um das Krankenhaus anzurufen und zu warnen.
Ich rannte in den Salon und blieb wie angewurzelt stehen. Martin saß in einem Sessel und hielt einen Revolver genau auf mein Gesicht gerichtet. Er lächelte.
»Komm doch herein, Patricia. Es ist ein so scheußliches Wetter draußen.«
Ich stand wie gelähmt und starrte ihn an. Es war alles aus. Alles war umsonst gewesen. Alles, was Mindy und ich getan hatten, in der letzten – der letzten halben Stunde? Mir kam es vor wie eine Ewigkeit. Und alles umsonst.
»Ich muß gestehen, ich bin wirklich erleichtert, dich zu sehen«, sagte Martin liebenswürdig. »Ich habe mir die allergrößten Sorgen gemacht und mir den Kopf zerbrochen, ob ich falsch getippt hatte und dir wegen meiner dämlichen Bemerkung über den Vogel ein Licht aufgegangen war. Aber als ich vor dem Krankenhaus wartete und du nicht kamst, da dachte ich mir, du seist vielleicht doch direkt hierhergekommen.«
Er zog ironisch die Augenbrauen hoch. »Ich habe mich aber doch verraten, nicht wahr? Du hast meinen kleinen Versprecher richtig interpretiert, denn du wußtest Bescheid, schon bevor du hereinkamst. Du warst schrecklich erschrocken, als du mich sahst, aber keine Spur überrascht, daß ich dasitze und mit einem Revolver auf meine inniggeliebte Braut ziele. Warum bist du dann hierhergekommen? Warum bist du nicht zum Krankenhaus gegangen oder zur Polizei? Sag nicht, dein albernes Gewissen hätte dir nicht erlaubt, mich anzuzeigen.«
Der zornige Unterton verriet den ersten Riß in der höflichen Fassade. Dann begriff ich, warum er so verblüfft war. Er war der Meinung, ich sei mit dem Wagen gekommen.
»Und wie zum Teufel bist du so dreckig geworden? Was hast du gemacht.«
Ich besaß nicht mehr genug Kraft, um seinen gezielten Fragen die Stirn zu bieten. Für einen Augenblick empfand ich

absurderweise sogar ein Gefühl der Verlegenheit, weil ich Schmutzspuren auf Christines gutem Teppich hinterlassen hatte.
»Ein umgestürzter Baum hat die Straße blockiert«, antwortete ich tonlos. »Ich habe Mindy herausgeholt und bin hergeritten. Auf der Farm droben war niemand, und das Telefon funktionierte nicht.«
Er rümpfte die Nase. »So, so. Du weißt dir zu helfen, was? Bist schon eine schneidige kleine Person. Wenn du nur etwas praktischer denken würdest, hätten wir ein gutes Team abgegeben. Es ist nämlich ein Vermögen dabei zu verdienen, weißt du.«
Ich sah ihn an. Ich fühlte überhaupt nichts, weder Angst noch Zorn, noch Widerwillen. Ich fühlte mich einfach leer. Aber eines wollte ich noch wissen, ehe er auf den Abzug drückte.
»Warum hast du es getan?«
»Was getan?«
»Rhelma beinahe erstochen. Und Keith ermordet. Ich weiß, du hast geschmuggelt. Heroin, nehme ich an. Aber was hatten die beiden damit zu tun?«
»Geschmuggelt.« Er lächelte fast heiter. »Irgendwie klingt das so nett altmodisch. Aber das bist du ja auch, nicht wahr? Jawohl, es war Heroin. Ich habe gewisse Verbindungen. Bei bestimmten Gelegenheiten fahre ich nicht nur zum Fischen hinaus. Ich treffe Schiffe auf See – beziehungsweise ich segle in ihrer Nähe vorbei. Frachter aus dem märchenhaften Osten. Wenn da ein Besatzungsmitglied ein Päckchen über Bord wirft, wer soll das schon merken, selbst wenn das Päckchen mit einer kleinen Boje plus Wimpel ausgerüstet ist? Es geschieht nicht oft – das würde natürlich auffallen. Aber die Päckchen sind sehr wertvoll, deshalb brauchen es nicht viele zu sein. Gelegentlich habe ich auch die Methode gewechselt – zum Beispiel, als Nigel nach Hongkong und Thailand fuhr. Er brachte Ware von dort mit, ohne es zu wissen natürlich.
Durch einen puren Zufall entdeckte Keith Barnes ein Päck-

chen von dem Zeug in einem unserer Sessel, einer Spezialanfertigung. Deshalb habe ich mir ja den Job bei Selbridge besorgt: Möbelpolster sind ein ausgezeichnetes Versteck, und wer würde im Traum daran denken, daß eine achtbare alte Firma wie Selbridge Möbel als Tarnung für den Drogenschmuggel benutzt?
Jedenfalls, Barnes hielt den Mund und wartete ab. Dann mußtest du überall herumquatschen über diesen verdammten Erste-Hilfe-Kasten, den ich zum Fischen mitgenommen hatte, und den antiseptischen Puder. Barnes wußte genau, daß es in dem Kasten nichts dergleichen gab, und erriet, daß ich das Zeug auf diese Weise an Land brachte. Dabei hatte ich mir gedacht, der Erste-Hilfe-Kasten sei eine geradezu perfekte Tarnung. Wenn ihn doch einmal jemand aufmachte, würde er lediglich Plastiktüten mit der Aufschrift ›Antiseptischer Puder‹ bemerken. Wer würde da schon zweimal hinschauen? Außerdem war auch noch das Verfallsdatum auf dem Etikett überschritten.«
»An dem Tag damals hast du mich eingeladen, mit dir zum Fischen zu fahren. Was wäre gewesen, wenn ich ja gesagt hätte?«
Er lachte. »Ich wußte, daß du das nicht sagen würdest, und die Frage diente als weiterer Beweis für die Harmlosigkeit meiner Ausflüge. Am gleichen Abend rief Barnes sowohl Nigel wie auch mich an und bat uns, zu ihm zu kommen. Er war sich nicht sicher, ob ich allein hinter der Sache steckte oder ob die ganze Firma darin verwickelt war.«
Martin stieß ein verächtliches Schnauben aus. »Der Idiot dachte, er könnte uns einzeln konfrontieren und zu einem Geständnis zwingen. Damit.« Er bewegte den Revolver um Millimeterbreite hin und her. »Das machte ihn unvorsichtig, und für einen Augenblick drehte er mir den Rücken zu. Der Rest war ein Kinderspiel. Gott weiß, ob er uns in Schach halten wollte, während er die Polizei rief, oder ob er vorhatte, uns – oder mich zu erschießen. Er war besessen von einem fanatischen Haß gegen jeden, der mit Drogenhandel zu tun

hatte, denn der Fahrer des Unglücksautos, der ihn in den Rollstuhl brachte, hatte unter dem Einfluß von Marihuana gestanden. Und er wußte, hier ging es nicht nur um Marihuana.«

Jetzt endlich verstand ich einiges von dem, was Keith gesagt hatte.

»Die Menschen sind so dumm«, fuhr Martin fort. »Rhelma vermutete, daß Keith irgendwelches Belastungsmaterial über irgendwen gefunden hatte, hatte aber keine Ahnung, um was oder wen es sich handelte. Dann erzähltest du ihr von der Aktentasche, und sie erriet, was da passiert war, genau wie du. Aber sie war überzeugt, daß Nigel hinter allem steckte und daß du die Tasche nicht gründlich genug untersucht hattest. Also rief sie mich als Freund an und bat mich, ihr bei der Suche nach einem Geheimversteck zu helfen. Es gab natürlich keins – nicht bei dieser Tasche. Aber die Frau war zu gefährlich; ich konnte nicht zulassen, daß sie hinging und bei der Polizei alles ausplauderte.«

»Und jetzt bin ich zu gefährlich.«

»O ja. Viel zu gefährlich.«

»Das wird dir kein Glück bringen. Drei Morde sind zu viel. Außerdem wird es dir vielleicht nicht gelingen, Rhelma umzubringen.«

»Es gibt nichts, wodurch man mich auch nur mit einem Mord in Verbindung bringen könnte.«

»Jemand wird deinen Wagen auf der Fahrt hierher beobachtet haben. Die Straße ist nicht sehr befahren, und an einem solchen Tag fällt jeder Wagen, der unterwegs ist, auf. Oder du könntest den anderen begegnen – Gordon, Christine und Eleanor, wenn sie von dort zurückkommen, wo sie hingefahren sind.«

»Oh, die sind zur alten Mrs. Selbridge gefahren. Ich habe angerufen und gesagt, ich sei Kriminalinspektor und wünschte sie alle dringend im Haus ihre Mutter zu sehen. Die Straßen sind teilweise gesperrt, sie werden also einen ziemlichen Umweg fahren müssen, aber sie werden unter allen Umständen durchzukommen versuchen, weil sie sicher sind, daß ihre Mutter entweder ermordet oder verhaftet wurde. Und zur Sicherheit habe ich selber mir einen Lieferwagen ausgeborgt, den keiner vermissen wird und den ich wieder ordentlich zurückbringen werde. Der Besitzer ist im übrigen verreist. Es gibt also wirklich nichts, was auf mich hinweisen könnte. Ich bin gewohnt, sauber zu planen.«

Selbstgefälligkeit hatte mich von jeher geärgert. Das Ungeheuerliche seiner Selbstgefälligkeit vertrieb nun endlich die Lähmung, die mich befallen hatte, und ich spürte, wie Zorn in mir hochstieg.

»Wie viele Morde hast du denn noch geplant?« fragte ich scharf.

»Oh, keine mehr. Ich wollte ursprünglich überhaupt niemanden töten. Es hat sich unglücklicherweise so ergeben.«

»Und was ist mit den Menschen, die dein verfluchtes Heroin kaufen? Es bringt sie schließlich um, wenigstens die meisten, wenn sie nicht davon loskommen können.«

»Das ist ihr Problem«, erwiderte er achselzuckend. »Ich zwinge sie ja nicht, das Zeug zu nehmen. Wenn die Leute so dumm sind, hat das doch nichts mit mir zu tun. Ich befriedige nur eine vorhandene Nachfrage. Und was das übrige anbelangt – du mußt verstehen, daß sehr viel Geld auf dem Spiel steht. Ich werde mit Sicherheit nicht zulassen, daß irgend jemand sich mir in den Weg stellt.«

»Geld ist dir also wichtiger als Menschenleben?«

Er lachte. »Meine Liebe, Menschen werden jeden Tag umgebracht, aus viel belangloseren Gründen als meinen.«

»Und selbst wenn du vor der Wahl stehst, deinen bisherigen Gewinn zu nehmen und aus dem Geschäft auszusteigen, weil jemand Verdacht geschöpft hat, oder einen neuen Mord zu begehen, entscheidest du dich für Mord.«

»Niemand betreibt einen Drogenhandel von diesem Umfang gänzlich alleine. Und die anderen Partner wären von der Vorstellung, daß eines der Mitglieder aussteigen möchte, absolut nicht entzückt. Diese Person wird dann gefährlich.

Wenn man mal drin ist, steigt man nicht aus. Also läßt man sich auf derartige Geschäfte lieber gar nicht erst ein, wenn man zimperlich ist und Hemmungen hat zu tun, was nun einmal getan werden muß.«

Er machte eine kleine Bewegung, fast eine Geste des Bedauerns. »Ich habe dir einmal erzählt, daß ich vor langer Zeit geschworen habe, nicht so ein Leben zu führen, wie es mein Vater geführt hat. Ich habe mir geschworen, Geld zu verdienen. Viel Geld. Wie – das hat mich nie sonderlich gekümmert.«

»Und mich in dich verliebt zu machen, war das auch ein Teil deines großartigen Plans?«

»Nein.« Für einen kurzen Augenblick flog ein Schatten über sein Gesicht, dann lächelte er wieder. »Aber es war eine ganz reizende Abwechslung.«

Schon die ganze Zeit hatte ich mich gewundert, warum er soviel redete, mir soviel von seinen Machenschaften erzählte. Jetzt verstand ich. Ich hatte einmal gelesen, daß es eines der schwersten Dinge für einen erfolgreichen Verbrecher sei, daß er keinem Menschen von seiner Cleverneß erzählen kann. Auf Martin traf das sicherlich zu, wie ich sah. Jetzt konnte er ohne Gefahr mit mir reden, da ich das Haus nicht lebend verlassen würde.

Der glimmende Zornesfunken in mir brannte plötzlich auf zu lodernder Wut. Die ganze Zeit über hatte ich regungslos dagestanden und mich mit beiden Händen an der Kante eines Tisches hinter mir festgehalten. Jetzt erinnerte ich mich, daß Christine auf diesem Tischchen immer eine Vase mit Blumen stehen hatte. Ich sah, wie Martin die Beine anzog, um sich aus seinem Sessel zu erheben, und ahnte instinktiv: Wenn sich die Revolvermündung jemals für einen Augenblick von meinem Gesicht wegbewegen würde, dann war es innerhalb der nächsten paar Sekunden, während er aufstand.

Meine Hand tastete sich rückwärts, bis ich Kristall spürte und meine Finger sich um die Vase schlossen. Als Martin

aufzustehen begann, bewegte sich die Revolvermündung um ein winziges Stück. Ich machte einen Satz zur Seite und schleuderte gleichzeitig die Vase mitsamt Wasser und Hibiskusblüten mit aller Kraft gegen seinen Bauch.
Der Revolver entlud sich mit einem schmetternden Knall, der Martins haßerfülltes »Biest!« übertönte, aber ich spürte nicht den Einschlag einer Kugel. Blitzschnell warf ich mich herum und floh durch die Tür, zu der ich hereingekommen war, ins Eßzimmer.
Ein zweiter Schuß ertönte und das Geräusch von splitterndem Holz, während ich blindlings auf die Küche zurannte. Ich hegte wohl keine Hoffnung zu überleben. Ich kämpfte lediglich aus einem angeborenen Selbsterhaltungstrieb um mein Leben, wie aussichtslos dieser Kampf auch sein mochte. Mein Instinkt rief mir zu, ins Freie zu laufen, aber das war wirklich nur blinder Instinkt ohne jede logische Überlegung. Abermals vernahm ich ein splitterndes Krachen, aber keinen Schuß. Ich war bereits bis zur Küchentür gelangt, ehe mir zu Bewußtsein kam, daß dem Krachen ein dumpfer, polternder Laut gefolgt war und danach keine Schritte meines Verfolgers und keine Schüsse mehr zu hören gewesen waren.
Die Hand auf dem Knauf der Hintertür, blieb ich stehen und schaute mich um.
Martin lag zusammengekrümmt auf dem Eßzimmerboden, unmittelbar vor dem Eingang zur Küche. Neben ihm stand ein Mann mit einem zertrümmerten Eßzimmerstuhl in der Hand. Die übrigen Trümmer des Stuhls lagen neben Martin.
»Ich muß mir wirklich das Design dieser Stühle ansehen«, sagte Nigel. »Sie sind viel zu zerbrechlich. Ich hoffe wahrhaftig, daß sie nicht von Selbridge stammen.«
»Nigel«, flüsterte ich. Meine Beine fühlten sich an, als könnten sie mich keine Minute länger tragen, und ich lehnte mich, von Kopf bis Fuß zitternd, gegen die Wand.
Das Unwetter draußen hatte den Raum verdunkelt. In mei-

ner blinden Flucht war ich an Nigel vorbeigerannt, ohne ihn zu sehen. Dasselbe war anscheinend auch Martin passiert.
Nigel hob den Revolver auf und beförderte die Stuhltrümmer mit einem Fußtritt in die Ecke, dann schaute er mich an und eilte quer durch das Zimmer auf mich zu. Er zog einen Stuhl hervor und setzte mich behutsam darauf. Ich hielt den Stuhlrand einen Augenblick fest umklammert, während sich der ganze Raum um mich drehte. Nigel drückte mir ein Glas Kognak in die Hand und befahl mir zu trinken. Der Alkohol erwärmte langsam mein Inneres, aber noch immer vermochte ich die Augen nicht von der verkrümmten Gestalt auf dem Boden abzuwenden.

»Ist er tot?« fragte ich, sobald ich wieder genug Kraft in mir spürte, um meine Stimme über das Heulen des Sturmes draußen zu erheben.

»Leider nicht. Aber ich möchte meinen, er wird sich für die nächste Stunde nicht sehr wohl fühlen. Allerdings, für den Fall, daß ich ihn unterschätze, würdest du bitte, sobald du dich dazu imstande fühlst, die Polizei anrufen? Ich will das hier doch lieber parat halten, damit er nicht auf weitere dumme Gedanken kommt.« Er hielt den Revolver in die Höhe. »Oder willst lieber du ihn bewachen, während ich telefoniere?«

Ich schüttelte den Kopf.

»Gib mir das lieber nicht«, sagte ich langsam. »Ich könnte ihn erschießen.«

»Wahrscheinlich ein ausgezeichneter Dienst an der Menschheit«, erwiderte Nigel liebenswürdig, »aber leider wider das Gesetz.«

Dann fuhr er mit völlig veränderter Stimme fort: »Bist du verletzt, Patricia?«

Ich schüttelte wieder den Kopf. »Ich gehe und rufe die Polizei. Ich wünsche mir bloß, daß sie schnell kommen und ihn wegbringen.«

Es war die schreckliche Wahrheit. Ich wollte nicht mehr im gleichen Zimmer oder im gleichen Haus mit ihm sein. Ich wünschte ihn weit fort – fort aus meinem Leben, obwohl ich wußte, daß er noch eine lange Zeit nicht aus meinen Gedanken sein würde.

Als ich vom Telefon im Salon zurückkam, hatte Martin sich noch nicht gerührt.

»Die Polizei kommt«, sagte ich tonlos.

Nigel nickte, ohne Martin aus den Augen zu lassen.

»Er hat natürlich Keith umgebracht und versucht, Rhelma umzubringen, nicht? Darum ging es?«

»Ja.«

»Warum?«

»Er hat mit Heroin gehandelt und die Möbel von Selbridge als Transportmittel benützt. Keith fand ein Päckchen davon versteckt in einem Sessel, der als Spezialanfertigung geliefert werden sollte. Dann . . .« Ich schüttelte den Kopf. »Es ist sehr kompliziert. Du wirst alles genau hören, wenn die Polizei kommt.«

»Martin. Martin Weldon.« Seine Stimme klang so leise, daß sie kaum das Tosen des Sturms übertönte. »Du lieber Himmel. Und ich dachte, es wäre Gordon.«

Mein Kopf schnellte herum. »Du hast es gewußt?«

»Als ich damals nach Hongkong und Thailand fuhr, war ich beinahe sicher, daß sich jemand an meinem Gepäck zu schaffen gemacht hatte, aber ich konnte nichts finden. Aber von da an untersuchte ich in gewissen Abständen die Möbel, denn die Sache ging mir nicht aus dem Kopf. Und ich fand ebenfalls ein Päckchen. Vielleicht das gleiche, das Keith gefunden hatte. Ich dachte, es handle sich nur um einen einmaligen Fall und Gordon hätte das irgendwie organisiert, um Geld zu machen, weil die Firma pleite war. Also habe ich nichts gesagt. Aber ich fand es erschütternd. Das war der Grund, warum ich wollte, daß die Firma verkauft würde.«

»Ach so.« Ich überlegte eine Weile. »Nigel, als du heute herkamst, woher wußtest du, daß ich in Gefahr war? Warum hast du nicht einfach geklopft oder bist hereingekommen?«

»Ich sah Mindy im Hof – völlig zerschunden und schaumbedeckt, und vor der Tür stand ein fremder Lieferwagen. Da dachte ich mir, etwas stimmt hier nicht, und ich habe einfach ein bißchen an den Fenstern gelauscht.«

»Mindy!« Ich sprang auf. »Die hab ich ganz vergessen. Ich muß mich sofort um sie kümmern . . .«

Nigel packte mich am Handgelenk.

»Setz dich. Der fehlt nichts. Verlaß dich auf mich – es sind nur oberflächliche Schrammen. Wir holen einen Tierarzt für sie, sobald die Polizei hier fertig ist. Es war ein Glück, daß ich gerade am richtigen Platz stand, als du zu rennen anfingst. Ich hatte vor, ihn irgendwie abzulenken, um ihn dann anzuspringen, ehe er seine Waffe benutzen konnte. Aber du hast es mir leichtgemacht.«

Martin bewegte sich. Er stöhnte und setzte sich mühsam auf. Als er auf die Füße wollte, sagte Nigel ruhig: »Das würde ich an deiner Stelle lieber nicht tun.«

Martin drehte den Kopf herum und erblickte uns beide. Seine Augen wanderten zum Revolver. Ein paar Sekunden lang blieb er stocksteif sitzen, dann preßte er beide Hände an den Kopf und ließ sich auf den Boden zurücksinken.

»O mein Gott«, sagte er bitter. »Der Ritter in schimmernder Rüstung!« Er lachte kurz auf, und in seiner Miene spiegelte sich purer Haß. »Unser rehabilitierter Betrüger. Na, jetzt wird die Familie dich ja lieben müssen, was?«

Nigel sagte nichts. Draußen ließ sich durch den Sturm das Heulen der Polizeisirene vernehmen.

Es war eine lange Zeit und unzählige Fragen und Antworten später, als Nigel und ich in Christines Küche saßen. Ich hatte geduscht, mir ein paar von Christines Sachen ausgeliehen und Kaffee und belegte Brote gemacht. Ich hatte seit langem nichts mehr gegessen, vermochte aber kaum einen Bissen hinunterzuwürgen.

Die Polizei hatte uns erzählt, daß Rhelmas Zustand sich leicht gebessert hatte und die Ärzte trotz ihrer fortdauernden Bewußtlosigkeit optimistisch seien. Durch einen Telefonan-

ruf wußten wir, daß Gordon, Christine und Eleanor bei Rachel angekommen waren und sofort zurückkehren würden, sobald die Straße frei war. Die Kinder waren bei Freunden. Ein Tierarzt war herausgekommen, hatte Mindy untersucht und einige der schlimmsten Schnittwunden genäht. Wir hatten Tessa aus der Waschküche befreit, und sie lag nun zufrieden dösend zu Nigels Füßen.
Jetzt schien sich eine merkwürdige Leere auszubreiten, ein fader Nachgeschmack. Als mir der Kaffee warm durch die Adern rann, merkte ich, daß mir alle Glieder weh taten und noch immer Hände und Beine zitterten.
Wir aßen schweigend unsere Brote, bis ich plötzlich aus meiner halben Betäubung aufwachte und rief: »Nigel, der Regen hat aufgehört! Und der Sturm hat sich gelegt.«
Er nickte. »Der Zyklon ist vorübergezogen. Wenn das Zentrum vorbei ist, geht es oft ganz schnell.«
Ein Gedanke, der sich schon länger in meinem Unterbewußtsein geregt hatte, tauchte jetzt vollends auf. Ich stellte meine Tasse hin und sah Nigel an.
»Ich wäre tot, wenn du nicht rechtzeitig gekommen wärst. Warum bist du überhaupt heute hergekommen? Ich meine, bei diesem schrecklichen Wetter? Wozu?«
Er lächelte ironisch.
»Aufgrund einer seltsamen Vorahnung? Das würde ich gern glauben. Aber nein. Der Grund war viel konkreter und viel weniger edel.« Er betrachtete mich einen Moment. »Mich beschäftigte eine Frage, auf die ich eine Antwort wollte. Als ich anrief und sich keiner meldete, wußte ich, daß das Haus leer war. Das kam mir gerade recht, denn eine Antwort auf meine Frage zu finden, solange jemand im Haus war, war unmöglich.«
Er zögerte einen Augenblick.
»Meine Frage ist immer noch offen. Ich glaube, jetzt wäre der richtige Zeitpunkt, nach der Antwort zu suchen, ehe die anderen zurückkommen. Komm mit. Du sollst es auch erfahren.«

Er stand auf, und ich folgte seinem Beispiel.
»Wohin gehen wir?«
»Zu Eleanors Wohnung.« Er nahm einen Schlüsselbund heraus, wählte einen Schlüssel, und wir gingen hinein. »Gordon und ich haben immer einen Schlüssel zu ihrer Wohnung«, erklärte er. »Um hineinzukommen, sollte sich je ein Notfall ereignen. Es war Eleanors Idee«, fügte er hinzu.
Flüchtig kam mir zu Bewußtsein, in welch halb verdrängter Angst Eleanor gelebt haben mußte – stets verfolgt von der Furcht, wieder in einem versperrten Zimmer gefangen zu sein, dessen Tür niemand öffnen konnte.
Nigel warf den Schlüsselbund auf den Tisch und ging zur Tür ihres Schlafzimmers, welche offenstand. Er machte die Tür zu und blieb dann eine ganze Weile schweigend und mit gesenktem Kopf davor stehen. Dann knöpfte er die Brusttasche seines Hemdes auf und zog einen anderen Schlüssel heraus – einen altmodischen, viel schwereren Schlüssel – und steckte ihn ins Schloß. Er drehte ihn herum. Ich hörte, wie der Riegel klickte. Nigel umfaßte den Türknauf und versuchte ihn zu drehen, aber der Riegel war zugeschnappt. Darauf drehte er den Schlüssel andersherum, und die Tür ging auf.
Er wandte sich um und sah mich an. Auf seiner Stirn glänzten Schweißperlen. Jetzt endlich verstand ich.
»Der Schlüssel! Das war es also, was du neben Julians Leiche aufgehoben hast.«
Er nickte langsam. »Ich tat es ganz instinktiv. Ich wollte nicht, daß Eleanor von dem Schlüssel wußte – obwohl ich mir noch gar nicht richtig überlegt hatte, warum ich das vor ihr verheimlichen wollte.«
Ich rieb mir die Stirn, wie um meinem trägen Verstand nachzuhelfen.
»Dann ist das also der Schlüssel, der damals in der Nacht des Brandes verschwunden war?«
»Ja.« Nigels Miene war finster. »Julian West hatte den Keller nicht auffüllen lassen. Ich habe Erkundigungen eingezogen,

und die Baufirma, die die Renovierungsarbeiten durchführte, sagte mir, sie hätte nie einen derartigen Auftrag erhalten. Im Gegenteil, ich vermute, er hat insgeheim dafür gesorgt, daß der Keller gut begehbar war. Er hat seine Frau nicht retten wollen in jener Nacht, als der Balken auf ihn stürzte. Er hat nicht versucht, in ihr Zimmer hineinzugelangen. Er ist von dort gekommen.«
Wir starrten einander schweigend an.
»O Gott«, flüsterte ich endlich. »Er hat sie in dem brennenden, versperrten Zimmer zurückgelassen. Und vor zwei Tagen habe ich auf sein Gedächtnis getrunken.«
»Das braucht dir nicht leid zu tun.« Nigel lächelte sarkastisch. »Immerhin hat er dir das Leben gerettet.«
»Mir das Leben gerettet?«
»Hätte er das damals nicht getan, wäre ich heute nicht hierhergekommen.«
»Nein«, erwiderte ich nachdenklich. »Was wirst du jetzt tun?«
»Nichts.« Er steckte den Schlüssel wieder in die Hemdtasche und nahm die anderen Schlüssel vom Tisch. Dann blickte er mir in die Augen. »Und du auch nicht.«
»Aber . . .«
»Patricia, du hast Eleanor gesehen. Du weißt, in welchem Zustand sie war. Du hast gesehen, wie sie ist, seit man Julian gefunden hat. Sie ist wieder meine Schwester, so wie sie früher gewesen ist. Das kann ich ihr nicht wegnehmen.«
»Deine Familie wird weiter glauben, du hättest die Firmengelder veruntreut.«
»Na und? Übrigens, damit hatte Martin recht. Dafür, daß ich ihm sein mörderisches Handwerk gelegt habe, werden alle gut von mir denken und mir meine Jugendsünden verzeihen müssen.«
Eine Weile blieb ich stumm.
»Was willst du jetzt tun?«
»Tun?« Er zog die Augenbrauen hoch. »Hingehen und sehen, was ich in meinem erwählten Beruf zu leisten imstande bin.

Mich als Architekt versuchen. Das habe ich nämlich gelernt, weißt du?«

»Mußt du weg von Selbridge?«

»O ja, ich glaube schon. Das hatte ich eigentlich immer vor, sobald die Firma ohne mich auskommen würde. Und jetzt kann sie das, denke ich.«

»Aber wer soll die Entwürfe machen?«

»Du. Ich hab dir schon einmal gesagt, du hast Talent dafür. Ich habe eine Menge fertiger Entwürfe vorrätig, du kannst daraus die nötige Technik lernen. Der neue Mann, den wir als Ersatz für Keith eingestellt haben, ist gut. Arbeite mit ihm zusammen.«

»Wo willst du hingehen?«

»Hobart, denke ich. Ich bin mal dort gewesen, und es hat mir gefallen. Ich nagle ein Büroschild an meine Tür und versuche mein Glück.« Er tippte an seine Brusttasche. »Und werfe dieses hier in den Fluß. Wo er am tiefsten ist.«

»Kommst du mal wieder?«

»O ja. Ich muß ja für den Prozeß wieder herkommen, nehme ich an. Aber ... nein, ich geh nicht ins Exil. Ich komme wieder.«

Von draußen kam das Geräusch eines Wagens. Nigel warf einen Blick auf die Straße.

»Da sind die anderen. Christine und Eleanor werden sich um dich kümmern – und das hast du in den nächsten Tagen nötig, meine ich. Ich glaube, ich verschwinde jetzt. Ich habe keine Lust, ihnen allen in diesem Moment zu begegnen. Verabschieden werde ich mich später.«

Mit einem seltsamen Ausdruck in seinen braunen Augen blickte er auf mich herunter.

»Verdammt noch mal, Patricia, warum mußtest du dich in den falschen Mann verlieben?«

Ohne ein weiteres Wort drehte er sich auf dem Absatz um, ging mit langen Schritten hinaus zu seinem Wagen und fuhr davon, während ich wie betäubt dastand und ihm nachschaute. Langsam nahm ich den eigenartigen Geruch wahr, der die Luft erfüllte. Er kam von den Blättern, die das Unwetter herabgerissen und zerquetscht hatte und die nun wie ein grüner Flickenteppich in einer dicken Schicht die Erde und die Hausdächer bedeckten. Es war der Geruch einer vom Sturm verwüsteten, aber nicht für alle Zukunft zerstörten Welt.

Isaac Asimov

Isaac Asimov ist ein Autor von beinahe unglaublicher Vielseitigkeit und hat sowohl anerkannte Sachbücher aus den Gebieten Physik, Geschichte, Literatur wie auch eine große Anzahl von Romanen verfaßt. Er schrieb Kriminalromane und einige Sammelbände mit bösen Geschichten der Schwarzen Witwer, ferner mehrere berühmte Science-fiction-Krimis, u. a. »Der Mann von drüben«, »Die nackte Sonne«, »Aurora oder der Aufbruch zu den Sternen«.
Die obenerwähnten Schwarzen Witwer sind ein Klub gleichgesinnter Gentlemen, der sich einmal im Monat zu einem Abendessen mit gepflegter Unterhaltung trifft. Zum Nachtisch löst man einen Mord.
Asimov lebt heute in Boston/Mass.

Von Isaac Asimov sind erschienen:

Experiment mit dem Tod
Die letzte Pointe schreibt der Tod
Mords-Menü

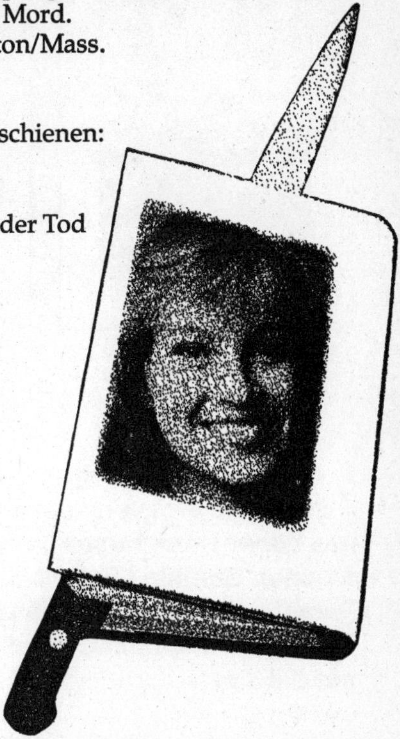